复演

REACT BY HARUKA HOJO

[日] 法条遥 著

鹿推 译

江苏凤凰文艺出版社
JIANGSU PHOENIX LITERATURE AND ART PUBLISHING

◇千本櫻文庫◇

◇前言 PREFACE

文库，原本是指收纳书物的仓库和书库，也指收纳书与记事簿，以及不常用物品的小箱子。以前者为例，京滨急行线的"金泽文库站"就是以前镰仓时代北条氏用来收藏汉书用的，"金泽文库"名字的由来便是如此。东京都的世田谷区也存在着收集着珍贵汉书的"静嘉堂文库"。后者则更多地被称为"手文库"。

江户时代以来，可以放入袖袂的小开本书籍逐渐流行起来，被称为"袖珍本"。明治三十六年（1903年），富山房发行了小开本的丛书，起名"袖珍名著文库"。随后，明治四十四年（1911年），讲述战国时代的猿飞佐助和雾隐才藏系列故事的讲谈社"立川文库"发行出版。讲谈是日本民间艺术，以口语化的方式讲述历史故事的形式。而"立川文库"则是将讲谈收录成册集中出版的丛书，据统计，当时刊行量为200册左右。从那时起，文库就脱离了原本的释意，逐渐演变成了现在的类书集丛。

文库的说法借鉴了日本出版业界的传统说法。而千本樱源自日本奈良县吉野山樱花盛开的奇景，世人皆称"一目千本樱"来形容樱花美景。千本樱文库的纳入作品皆为日系作品，题材包括推理、悬疑、幻想、青春、文化等类型，正如千本樱满山盛开的绝景。

现代日本，以"文库"命名刊行的丛书系列有200种以上，所谓"文库本"只不过是统称而已。日本传统的"文库本"常用的是A6尺寸的148mm×105mm，也叫"A6判"。千本樱文库的所有书籍将在"文库本"的基础上提升，达到148mm×210mm的开本标准，追求还原的前提下，力图带给读者更清晰的阅读体验。

明治维新以来，日本文坛迎来了爆发期，涌现出了众多文豪级的作家。受到许许多多名作的影响，日本的出版社也从中受益，得到了突破性的发展，各家出版社为了传承文化，加强创新，纷纷设立了"文学新人奖"，用以发掘年轻作家。其中，以恐怖氛围浓厚的"金田一"系列为契机，迅速开展业务的角川书店在20世纪90年代初期设立了"日本惊悚小说大奖"，发掘出了小林泰三、贵志佑介、道尾秀介等名家。

"第17届日本惊悚小说大奖"的得主法条遥，不愿意去企业就职，志在写出有趣的小说，并且以此为生。但是，他在六年间写作了20多部小说，投稿各个文学新人奖，却全都石沉大海。然而，在28岁的时候，新作《二重身》斩获了"日本惊悚小说大奖"，从而正式出道成为作家。由于深受前辈森博嗣和三津田信三的影响。法条遥的作品兼具惊悚与科幻要素，其代表作"RE系列"被认为是"时间悖论"类型作品的杰作，受到广大读者喜爱。本书《复演》是"RE系列"的第三部，也是前两作的转折。前两作的伏笔在本作中接连解开，极其混乱的悖论风暴出现在眼前，精心阐述的理论一遍又一遍地敲击着大脑。即使会头晕，我想你也会沉浸其中。

千本樱文库编辑部

SCIENCE FICTION CONTEST

科幻总选举

在科幻作家中有这样一个说法——科幻的本质是用想象延展人生。如果说人类的伟大在于发现和应用科学技术，并用科学技术创造出了这个世界。那么想象力就是一切创造行为的原点。

想象力并非与生俱来，也不是后天训练产生的。它更像是一种思维，是想要追寻的生活方式。拥有同样思维的人，用想象力扩展人生，触摸当下还无法触及的时空和世界。而当这样的群体聚集起来的时候，便形成了名为"科幻"的亚文化。

"科幻选举"是某个科幻题材的小说公募新人奖。除了发掘有才华的新人之外，该奖还非常注重想象力。近年来的获奖作品，不仅内容十分精彩，题材和科幻元素也都新意十足，例如童话与科幻结合，还有对未来 AI 世界的预见等。

如今，科幻小说的分类已经多达数十种，科幻元素也被植入了其他各式各样的类型文学。科幻的概念也在媒介联动的大环境下，无限地向外部扩散传播。

"科幻总选举"既是口号，也是专题。我们旨在发掘洋溢着想象力的科幻作品。就像其他专题一样，不局限于内容题材和所获奖项，依然维持优先个性的少数派精神，希望能够传播不一样的思维与生活方式。

千本樱文库

本作涉及了《复写》《改写》的内容

目录
CONTENTS

序1	樱井唯的信	002
序2	保彦与萤	010
序3	久远的夏季某日	022
序4	复写	032
1	跨越时间的少女①	035
2	书写时间的少女①	063
3	缺失时间的少女①	099
4	赌上时间的少女①	127
5	跨越时间的少女②	143
6	书写时间的少女②	163
7	缺失时间的少女②	183
8	赌上时间的少女②	195
终章1	大槻雪子的信	211
终章2	萤与保彦	215
终章3	遥远的秋日	221
终章4	复演	229

REACT
BY
HARUKA
HOJO

序1 樱井唯的信

序 1
樱井唯的信

这是一封信。本来我是打算摘重点,把要对你说的话写下来,但这是用来报复你的,所以特意用小说文体写给你。

和她不同,我没写过小说。所以之后的文章可能多少有点不规矩,还望您海涵。我现在在S报社上班,姑且也算是个实习记者,这种职业的人不会写文章可能很奇怪,其中的理由,我会在之后讲的故事……不,事情……不,过去……怎么叫都好,总之,请让我在接下来的文字中解释这个理由。

首先,现在是1998年,春天。

我叫樱井唯。正如上文所说,现在在S报社上班。
我是在离报社不远,自己租的公寓的房间里写的这封信。
现在,摆在我面前的是两本小说。
作者的笔名是冈部萤。首先,这就是问题所在。
要问为什么的话,因为我就是来自静冈县的冈部町。
……您也知道,把实际存在的地名直接写出来会引起各种各样

复演
REACT BY HARUKA HOJO

不好的问题。不过这次，因为这位叫冈部萤的作家确实存在，没有办法，所以我觉得，这样直接写出来是没有问题的。

那么，问题是什么呢？

为什么我说话要这么绕圈子呢？

那是因为，我想让读这封信的人自己判断，这件事的原因是不是出在我身上。

我们先从冈部萤写的小说《复写》开始说。

希望您能读一下这本小说。不用全读，读到第二章"1992年①"就可以了。

某个人物，在这一章登场了。

那个人，就是我。

存在于现实中的我登场了。

……算了，还是继续用兜圈子的说法吧。

N中学二年级四班的那些同学们都是真实存在的。当然，班主任细田老师也是真实存在的。

但是，这个故事是假的。

绝对是假的，也只能是假的。

想一想也知道……

N中学二年级四班，并没有一个叫园田保彦的转校生。

自然，我也没有和他在旧校舍说话。

因为不可能和一个不存在的转校生说话啊。

……算了，反正最后也得兜上这个圈子，还是说得直接一点吧。

《复写》这本小说里写的故事，除了和"园田保彦"有关的事之外，其他的描述都是正确的。

不，有一点不一样。

这应该是作者……我不知道那个女人为什么以及怎么会这么想，但是有一点，不一样。

那就是中学的名字。

这个一查就知道，而且对于本地人来说这是常识，我不理解她为什么要特意改个名字，但总之，就是这里不一样。

我的老家冈部町，中学和小学分别只有一个。

也就是说，只有"冈部中学"。

所以，凡是在冈部町出生长大的孩子，基本无条件地会去冈部中学。

因此，根本就没有什么"N中学"。

用首字母指代的话，应该用"G中学"才对，为什么会用"N"呢？

但是，除此之外一切都是真的。

有叫长谷川敦子的同班同学。

也有酒井茂这个人。

当然增田亚由美也在。

荒木幸助同学也有。

班主任细田老师确实也是教社会课的老师。

复演
REACT BY HARUKA HOJO

禁止入内的旧校舍也存在。

而且1992年7月21日这天，旧校舍确实由于不明原因，突然倒塌了。

到这里都是事实。

我都记得。

全都在记忆里。

身为"登场人物"，我的记忆里，这些确实都存在。

但是这位叫园田保彦的转校生，并不存在。

我可以打包票，真实的情况是初中一年级的时候，有位女生转到了我们学校。但她并没有出现在这个故事里，所以应该和这件事无关。

实际上，我在调查这件事的时候，向母校的工作人员确认了一下，对方说在我上学期间转学过来的只有初中一年级时的B·Y同学（真名用首字母指代。这才是对他人名字应有的礼貌）。

话说回来，这人脑子有问题吧。

一个来自2311年的未来美少年，会为了寻找某本书，特意穿越到乡下的中学吗？

而且，我们班的某个同学恰好就是他要找的小说的作者，为了确保这本书存在，他就给全班同学分享了"相同的记忆"？

太荒谬了。

当作虚构小说来读的话也许有趣，但我再说一遍，《复写》这本小说中所写的人名和地名，全都是真实存在的。真实存在的人读过之后，只会觉得这是一场性质恶劣的恶作剧。

特意准备了一个虚构的人物，然后混着真实存在的地名和记忆写下一本书。

而且还……！

不，冷静一下吧。

我说的意思是，作为我，樱井唯本人，绝不能放过这点……不，这没准侵犯了我的名誉权，因为她把那种事写到小说里了。

成了笑料。

为什么我在小说里面死了？

而且，如果酒井的推测正确，我是被那个女人杀死的。

没错，就是那个女人。

再怎么说也不能直接说名字，就用字母Y表示吧。真正的姓，发音也是从Y开始的，应该没有问题。

而这个Y……

算了，暂且不谈吧。

总之，现在唯一要说的是：

是谁在我的毕业相册上恶作剧地写了"在未来再见。园田保彦"？

还有，特意把一个让我觉得是"园田保彦"的小男孩的照片，跟毕业相册里的相片换了的人又是谁啊？

复演
REACT
BY
HARUKA
HOJO

　　这是犯罪行为!

　　至少悄悄潜入我家、偷我的毕业相册、写下那段恶作剧的文字、换掉好几张照片这一系列动作，不违法是做不出来的。

　　你可能确实什么都没有偷走。实际上，这本毕业相册现在也的确在我手里。

　　但是，非法侵入住宅罪是成立的。

　　你只要老老实实自报家门，本报就不再追究"此事"。

　　以上，H出版社"冈部萤"的责任编辑，请您务必将这封信，交到《复写》一书的作者手中。

S报社工作人员　樱井唯

序 1 樱井唯的信

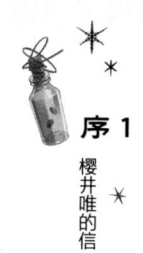

P.S.

　　在续章中把杀害我的凶手写成"男性",难道是改过自新了吗?还是无法忍受负罪感?不管怎么说,我都觉得太晚了。

　　说的就是你哦,雨宫。

序 2 保彦与萤

序 2

保彦与萤

在这个放眼望去到处都是纯白的世界里,只有这位少女是漆黑的。

其实也没什么。她只是穿着一身黑色的水手服,再加上一双黑色的防寒丝袜而已。但即便如此,在这片白桦林里,在这片没有一丝污垢的积雪里,少女也显得格外显眼。

在少女身边,还有一个面容纯真的少年。

少年的名字叫保彦。

那个名字是……

在夏天,被改写的人。

在秋天,不停重复的人。

在春天,不断轮回的人。

然后在冬天,许下承诺的人。

"呀。"

少女向保彦打招呼。

"你来了,和说好的一样呢,一条弟弟。"

"嗯。"保彦点了点头。少女看到之后,伸出手,摸了摸保彦栗色的头发。

复演

REACT BY HARUKA HOJO

"之前也说过……'保彦'这个名字,对我而言是非常特殊的。当然,就算你的名字和他相同,你跟他也没有任何关系,但这样毕竟对'他'不尊重,还是让我叫你'一条弟弟'吧。"

"嗯。"再次确认保彦点头之后。少女指着保彦拿的书。

"这个……"少女笑了起来,"因为名字一样,所以你读了是吧?"

保彦第三次点头,然后开口说道:

"家里给小孩子看的书我全都看完了,大人看的难懂的书,爸爸说现在还不能看,因为我还读不懂汉字……明明不那么复杂的汉字,我是能看懂的。"

"老老实实等你在学校学会了再看,不就好了。"

"那样就晚了。"

"晚了?"

"嗯……"

雪,静悄悄地降下,堆积在地面上。

纯白的森林里,只有少女和少年两个人。

少年开始坦白。

"我……不知道为什么,是知道的,这个故事中的事情。虽然不知道自己是怎么知道的,但我猜,应该是从镜子里看到的。"

"镜子里?"

"我家有一面很老的镜子,不知道为什么,我能看见。"

"这本书的内容吗?"

"对，所以……"

保彦打开书，哗啦哗啦地翻出一页给少女看：

"我在书店看到这本书的时候就在想……啊，终于来了。所以，我让爸爸给我买了这本书。可是，读起来感觉非常奇怪。主人公和我名字一样，但是，比我成熟多了，个子也比我高，脑子也比我好……"

少女看到少年拼命向她解释的样子，温柔地微笑着，再一次摸了摸他的头。

"没关系，我明白你想表达什么。然后呢？继续说说看，一条弟弟。"

"然后……我把姐姐跟我说的事情记在心里，又读了一遍。这次……"

"嗯。"

"是毕业相册吧？"

"……"

少女没有回应。

一时无言。

在纯白的世界里静止的漆黑少女，无言地站在原地。

可能过了有十分钟吧。

少女笑了起来。

那是一种喜悦与悲伤的混合……

复演

REACT BY HARUKA HOJO

仿佛感动与绝望相遇了一般。

就是这种笑声。

"正确。"少女收着笑说,"没错,就是这里有问题。"

少女拿过少年手里的书,指着第一百九十六页说:

"是这里吧?"

"嗯。"少年点点头,"这个剧情里,从未来穿越来的转校生的朋友说,保彦……不是我的那个保彦,在1992年停留了将近两年。要是这样的话……"

"是啊,亏你能发现呢。"

少女把书还给少年,然后,开口说道:

"就是这样……那我就用你能听得懂的话来简单解释一下,先假设'保彦'的生日是7月1日吧,花在一个同学身上的时间是从7月1日到7月21日,只有这二十一天。自然就得到'$365 \div 21 \approx 17$'。

"也就是说,除去作为第一个人的那个'她',从第十六个人开始,接触的就是'十五岁的保彦'了。

"然后,从第三十三个人开始,接触的就是'十六岁的保彦'了。

"十五岁=初中三年级,十六岁=高中一年级。所以,在'第一个人'她的角度讲,能看出'这个'保彦君同学的照片有问题。她是'第一个人',同时也只认识'十四岁的保彦'。于是就错误地理解出了'相册中有保彦同学,而且还成长了,所以过去改变了'这个

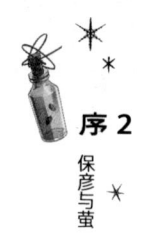

情况。"

"为什么照片会留下来呢?"

"怎么说呢。"

她从制服口袋里,掏出了一台小型机器。

"这是小灵通……嗯,和故事里出现的'手机'差不多,不过这个手机,在2002年的时候会带有小型摄像头。同学们用这个摄像头拍了照片,并以'只属于自己的回忆'为名,在制作毕业相册的时候当素材交上去了,所以才会留下来。"

"那毕业相册最后一页,保彦的留言又是怎么回事?"

"很简单。那些同学都以为这份记忆是'只属于自己'的,所以班上有人开玩笑似的这样写了。"

"爸爸说,每个人的字迹都不一样,能体现出人的个性。"

"你爸爸说得没错。"她点了点头,"不过,一条弟弟,你回想一下。'他'会写字吗?"

少年思考了一会儿,很快就恍然大悟似的说道:

"这样啊,保彦……不是我的那个'保彦',不会写字啊。"

"就是这样。所以,不管是谁写的,都没法证明'这不是保彦同学的字'。毕竟,他本人不会写字嘛。"

"原来如此……"

少年被新情报触动,激动地颤抖着。

意想不到的解释。

复演

REACT BY HARUKA HOJO

故事的真相。

不过这种真实，光靠阅读，是理解不到的。

揭开这个真相时的兴奋。

这就是读书的喜悦。

少年现在恐怕是人生头一回尝到这种滋味吧。

少年红红的脸颊因为兴奋，变得更加红润。

少女微微一笑之后，戳了戳他的脸蛋。

"那么……"

少女慢慢地离开了保彦。

"之前的约定，到这里就结束了。你和约好的一样，确实发现了。所以我也遵守约定，给你力量。"

少女向上拽脖子上挂的皮质绳子，从黑色的制服里，伸出了一个挂坠。

确切地说，这不是个挂坠。

而是一个透明的小瓶子。

里面，只有一颗紫色的，圆圆的，像药片似的东西。

"……"

看到这个，保彦停住了脚步。

像是看到了一个怀念的东西一样。

像是看到了一个之前没见过的东西一样。

像是久违地与自己的老搭档再会了一样。

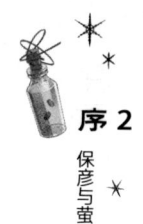

像是某时某地，见到了这位未来会成为自己搭档的东西一样。

无法解释。

硬要说的话，这就是——

"时间"。

大概是这样吧。

不过，少年注意到了。

"……那个，姐姐。"

"怎么了？"

少女左手拿着小瓶子，正要打开盖子的时候，保彦突然问道："如果是这样的话，会怎么样？"

"什么怎么样？"

"这之后会怎么样？"

"什么怎么样？"

"那个故事之后，怎么样了？"

"什么怎么样？"

"我是说……"

嗯？他注意到了。

自己在说奇怪的话。

假如的，以后。

莫须有的故事，它的更进一步。

复演

REACT BY HARUKA HOJO

不能偷窥的真实，它遥远的彼岸。

"怎么了？"

可少年，还在继续问着。

继续向着，相信这一切唯一的答案只在保彦手里的少女询问着。

"时间……会怎么样？"

"谁知道……"

"回答我！姐姐！"

保彦探过身子，想要拽住少女的裙子。

但被少女轻巧地躲开了。

"我应该已经解释过了吧。一条弟弟。"

少女说道，口气感觉有些乐在其中。

"2311年，一位科学家失踪了……在科学家的房间里，留下了一种穿越时空的力量……也就是这种药片。这种药片虽然除了科学家本人之外，只有五秒钟的药效，但是花了将近七百年的时间，人们总算是分析出了药片的成分。"

"姐姐，真的……"

"也就是说，任何人都可以穿越时空了。这样一来，当时的政府马上出台了和时间有关的法律，建立了专门管理时间的机构，就是为了防止时间被恶意使用……"

"姐姐，真的是从公元3000年来的吗？"

"没错，我就是时间的守护人。我的工作就是管理时间，防止有

人滥用它。"

少女说着，在雪里轻轻转了一圈。

黑色的裙子飘舞着，雪的白和布的黑交错着。

"为了不让人看出破绽，我们要换上在那个时代最不显眼的服装，然后才能穿越时空。在这个时代，我这个年龄段的女生，穿成这样是最不显眼的。"

你看，还准备了学生证呢。她从水手服的口袋里，掏出了一张附近高中的学生证。

即便如此，少年还是无法接受。

"可是姐姐，你不是真的在这所高中上课吗？我看见过你从校门里走出来哦？"

"这是当然的，穿着这身衣服的人，在那个时间段要是出现在学校以外的地方，那才奇怪呢。"

"不对……"

少年没有妥协。

保彦没有低头。

他没有停止思考。

"不对。"

这世上也许没有永恒。

时间也许会在某一天中断。

即使如此，"保彦"也没有停下。

复演

REACT BY HARUKA HOJO

是停不下来呢，还是不想让它停下来呢？

是根本不想停呢，还是不知道怎么让它停呢？

恐怕连他本人，也想不清楚。

"那，我来兑现承诺了。"

少女转过身，背对着保彦说。

"这个力量本来就是你的。你用它，想去什么地方、看什么事情、摸什么东西、吃什么美食，都是你的自由。不过，不要忘了，一条弟弟……"

少女，哭了。

因为不想让保彦看见自己在哭，所以她背过了身。但这件事情，她没有说出口。

"……雪，真漂亮啊。"

"嗯？"

"不要忘了，一条弟弟。"

她背对着保彦，说道。

没有让保彦看到她的眼泪，她——友惠说道。

"美雪就拜托了。"

说着，她的身影便从雪中消失了。

就像是，雪一样。

就像是，雪融化了一样，消失了。

就像是，春天来了一样。

就像是,春天马上就要到了,冬天藏了起来一样,消失了。

"……"

少年愣了一会儿。

留在现场的,只有少年和那个小瓶子。

"我……"

少年伸手去拿小瓶子。

打开小瓶子的盖子。

很快,薰衣草的香味飘了出来。

"我就是,保彦?"

他嘟囔着,像是在问药片一样。

"我是,保彦?"

而冬天,并没有回答他。

序3 久远的夏季某日

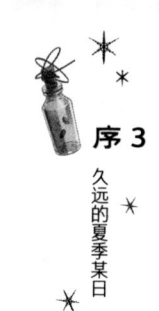

这是某个夏日夜晚的一幕。

"——假设啊，保彦。"

"怎么了，阿茂？"

这位叫保彦的，不知道算少年还是青年的高个子学生，正在某个学校的天台，和一个皮肤黝黑叫阿茂的学生说话。

"假设我们班的某个同学，真的写了你要找的书，还出版了……但上没上市销售不一定对吧。万一这个人是出于兴趣自己制作了，并碰巧把它放在家里的书架上……这话放在你嘴里可能就叫命运了。这本书是你爸爸的东西，你继承了，这我能理解。这些都无所谓，但是……"

"但是？"

"不，要是从最有可能的情况来考虑此事的话，应该是这样。我们班的某个同学……嗯，要是能当小说家的话，多少得有点知性和知识吧，通常能联想到的就是班长樱井，或者是喜欢书的雨宫，再或者是语文成绩最好的田村……嗯，要是按照最初的设想，考虑这本书是'谁'写的的话，那应该就是这三个人中的谁吧。"

保彦点点头，好像也同意阿茂的意见。

复演
REACT
BY
HARUKA
HOJO

"如果只算女生的话，确实这三个人可能性最大。但是，我已经说过很多次了，并不能确定作者就是女性。"

再加上，现在连作者笔名都没有弄清楚，而且就算知道了笔名，笔名中体现的性别也不一定就是对的。

保彦既然已经这么说了，阿茂也只能用力点点头做回应。

"这个我懂。所以，就算班主任细田老师基本不可能是作者，我们也对他做了同样的事情。不过，从年龄的角度考虑，细田老师也确实不太可能是作者。"

"年龄是什么意思？"

"细田老师是公务员，到岁数会退休。因为不允许公务员搞副业，所以就算那本书作者真的是他，他也得到退休之后才能正式出道。当然，我们并不知道老师究竟能活多久，但是从年龄的角度考虑……"

"北山薰这位作家，不就是从公务员转行当作家的吗？[1]"

"啊，是啊，有这么一位，我还挺喜欢呢。北山老师的文章，感觉文笔特别有女人味。"

"北山薰是男人哦。"

"哎！？"

"啊，抱歉。他要到比现在再晚一点的未来，才公开身份的。"

保彦随口说出这些后，身边的阿茂好像受了点打击，蹲在地上。

---

1 原型北村薰确实也是高中老师改行当的作家。——译者注

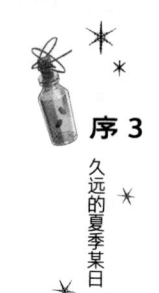

"就算你知道未来，也不能剧透啊……"

"抱歉，好像毁掉了你的梦想。"

阿茂指着呵呵笑的保彦说道："对，就是这个。我要说的……就是剧透。"

"所以你到底想说什么啊，阿茂？"

"你要找的那本书母本的内容，除了开头之外，你没给任何人看过吧？"

"这还用说吗？"

"在这种情况下，我们班上有谁……先假设她是女生吧，也就是我们刚才提到的三个人中的一个，会以'小说家'的身份出道，发表你拿着的那本小说。"

"嗯，从我所在的现代，也就是三百年后的未来里这本书依旧存在的情况来看，确实这种可能性是最大的。就算能留存下来是一种偶然，但如果装订不牢固的话，三百年的时间估计书早就风化了吧。"

所以，保彦虽然知道"这本书不一定在市面上销售"，但考虑到当时的情况，判断"在市面上销售的可能性更大"，所以使用了穿越时空的力量，来到这个时代找书。

虽然现在，这充其量只能算是客套话。

"有了，我们还是假设啊。先假设雨宫是作者吧。那家伙日后当上了作家，写了你要找的书，出版了。"

"嗯，那又怎么样？"

复演
REACT BY HARUKA HOJO

"我们先把雨宫没用那个药的情况放一边,假设那时,雨宫把这本书放到了现在这个时代自己的房间的话会怎么样?这种事五秒也能做到吧?"

阿茂把自己的担心告诉了朋友保彦。

没错,这不过只是个担心而已。至少在此时此刻。

反过来说,正因如此,阿茂想到十年后的夏天,真的有可能发生自己所担心的事情,所以才按照自己设计的方式行动。

也就是"复演"。

因此,阿茂先根据自己想象范围内"可能会变成这样"的情况,就像是《复写》一般,进行设想。

——以上,都是《复写》之前的事情。

"嗯……"

听到这个问题的保彦,一副非常头疼的表情。

但一看那表情就知道,他并没有很认真地在为这件事发愁。

这一点,阿茂也明白。

那是一副,有什么事在瞒着自己的表情。

"保彦。"

因此,阿茂的语气也变得严肃起来。

"你不是说把所有情况都告诉我了吗?……做了那么多事,把我们班所有人都卷进来了，事到如今你还有事瞒着我，这玩笑可不好笑啊。"

"……那我就说实话吧，我确实有一件事瞒着你。但是，如果事情在我设计范围内发展的话，N中学二年级四班的同学，完全，一丁点，不会跟这件事情有关系。所以才没跟你说。"

"喂，保彦，你这笨蛋！果然有事瞒着我啊！"

"我本来就没打算跟你说这些无关的话。实际上，以后我也不打算跟你说。你只要把我带来的母本复印下来，以书的形式留下一本就行了。"

"……就这样吗？我真的只要这样做就完事了？"

"嗯，没错。"

"我知道了。那……不对，等一下，别岔开话题，你还没回答我的问题吧？"

"回答什么？"

"都说了，假设雨宫是作者，用了那个药，回到1992年……也就是说，对于未来的雨宫来说算是把自己的书放回了'过去'，这样的话会怎么样？要是这样的话，'我们做这些事情'的理由不就可能暴露给雨宫了吗？那家伙可是在庙会的时候就待在一个奇怪的地方。我问你真要是这样的话怎么办？"

"那没关系的。"

保彦自信满满地答道。

复演
REACT BY HARUKA HOJO

"我明白阿茂你的意思。如果未来的雨宫同学,真按你说的把未来的书带到现在这个时代的话,我确实没法违抗她了,因为'雨宫同学拿的那本书,可能就是我在未来找到的那本书。'这个命运就被真正确定了嘛。再加上,如果雨宫同学是作者的话,如果她选择'不写'这个选项的话,那雨宫同学拿的那本书,真的就是独一无二的母本了。"

"对吧,所以说……"

"所以说,那就没关系了呀。"

"啊?"

阿茂看着好友迷之自信的表情,充满怀疑。

不知道是"谁"写的。

正因如此,才要……把用"乱枪打鸟"的方法可能确定不了的未来,用这种方式强行确定下来。

至少阿茂认为,他们自己的行动是"这个意思",然后去执行的。

但是,保彦不一样。

"我简单跟你解释一下啊,阿茂。"

说着,保彦用那个装置,从空间里取出了什么东西。

拿出来的,正是阿茂见过好几次的,保彦来到1992年的目的本尊。就是他从未来带过来的"要找的书"的母本。

"这是我家里的母本,假如雨宫同学把'和它一样'的东西带过来的话会怎么样……这就是你的问题对吧?"

"是啊。"

"这种事情是不会发生的。"

"……为什么？"

"阿茂，我不是早就说过了吗？我，和过去的我，未来的我，既不能见面，也不能对话。"

"那……"

说到这里，阿茂也发现了。

"……你是说同样的道理，对这本书也适用吗？如果，两本书是'同一本'的话，那就……"

"没错，它们是没法存在于同一时间线上的。所以，我们不是一直在故意稍稍错开一点时间，运作和班上同学的互动吗？"

"这样。"阿茂抱住了胳膊，"哎，不对，等一下。既然同一本书不能同时出现的话，那只要你拿着它，你不就永远没法和这本书的母本见面了吗？"

"所以，我不是平时都把它藏到其他空间的吗？就是为了不扭曲因果律。"

"啊，原来是这样……那就没别的事了吧？不会发生让我担心的事了吧？"

对于这个问题，不知为何，未来人沉默了。

几秒钟后。

"嗯，也许吧。"

复演
REACT BY HARUKA HOJO

"喂！"

"不，大概没问题。嗯，真的。"

"你啊。"阿茂把抱着的胳膊放了下去，"振作一点，这可全都是从你身上整出来的事情啊……"

说着，阿茂又重新开始工作。

因为这时，在其他地方的"保彦"，发来了一条语音：

"今天和三枝同学的约会已经结束了，接下来该去哪儿？"

听到这句话，阿茂回答道：

"那接下来去冈村那边吧……啊，现在可别来天台啊。因为这里有你在，你来了的话学校就完了。"

阿茂忙着回话，没有注意到。

这时，阿茂身后的保彦，嘟囔了一句：

"……嗯，如果，万一……这个时代，真的有'看见过去的力量'的话，事情可就麻烦了。她……"

——到此为止，就是《复写》后的故事。

"啊？"

阿茂回过头来。

那里按理说应该没有人，但他还是回头看了一下。

因为他听到了保彦的声音。

"……"

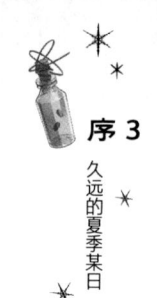

（我……）

"阿茂？"

这是保彦的声音。

（我刚才，在和谁说话呢？）

"阿茂，接下来到谁了？"

"啊，啊？"

但很快，他又回到了他的现实之中。

因为他被"复写"了。

"接下来，呃，该樱井了吧。樱井唯。"

"收到。"

阿茂也好，保彦也好，这个时候，保彦嘟囔的一句话因为被所有时间轴放逐，他们都没听到。

——虽然这是建立在转校过来的坂口盈同学，没有遇到什么别的麻烦事的情况下……

序4 复写

序 4

复写

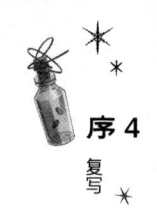

这东西,大概就是二十一世纪初的电脑吧。不过,与它相比,现代的电脑尺寸小巧很多,而且性能更好。

屏幕上显示着一些文字和图像。

文字是用汉字写的"复写"。

好像是个小说。

作者的名字,不知道为什么有点模糊,看不太清楚。

1 跨越时间的少女①
REACT BY HARUKA HOJO

复演

REACT
BY
HARUKA
HOJO

"到了,然后……"

一身校服打扮的少女轻轻降落到地上。

地点是,静冈县兴津的某个墓地。

她手上拿着一本书。因为她平常用的手持终端,在这个时代还非常少见。为了不让这个时代的人起疑,需要对它做一点伪装。

包裹着柔软身体的,是一套看似随处可见的水手服。

红色的领结,漆黑的衣领。

齐肩的黑发,不长也不短。

因为时间穿越还没完全结束,她的身形看起来总觉得有点模糊。

而且,感觉和某本小说封面上的女性有几分相似。

"先从1992年的秋天开始,不过……"

她翻开了那本红色的书。

除了她以外,那本书在其他人眼里好像只是普通的词典,而她,则能从里面看到一个三维地图似的东西。

"除了这里之外,还有几处地方发现了改变的痕迹……这些,也是那个科学家搞的鬼吗?"

她的脑海中浮现出一个被指定为最重要课题的人物的资料,但这

个想法，很快被接下来传到她耳朵里的声音打断。

"你。"

"嗯……？"

"你是谁？"

"什么？"

她下意识地摸了下耳朵。

这不是电子合成的声音。虽然很明显是人的声音，但这声音又很遥远，像是相隔了数千年一样。

"我知道你的样子……"

"……"

再怎么说，她也想不到吧。

发出这个声音的，正是她所寻找的那位科学家的母亲。

yíng有时会埋怨这位换算过来在公元2311年因为不明理由失踪的科学家。

她也想过，如果没有这个人的话，她现在可能在做别的工作吧。

公元3000年的时候，社会已经没有选择职业的自由了。

到了适当年龄，就会被自动分配到能够发挥自身才能的职业。

yíng则是因为吃了某种药，就被锁定了人生。

这个职业放到现在的说法算是金领，但并不是yíng自己想做的工作。

复演
REACT BY HARUKA HOJO

说这些也没用。

在公元3000年的社会,根本不允许你拒绝,或是逃跑。

(明明开发这个药的家伙早就不知道溜到哪个时代去了。)

yíng虽然有这个想法,但也不可能真在上司面前把这些说出口。她现在只是把完成伪装的打扮,发给了上司。

"没想到还挺合适的嘛。"上司评价道,"我听说我的曾曾祖母,年轻时候就这么打扮。"

(这是在夸我吗?)

虽然这句也说不出口,但yíng还是讽刺似的动了动嘴角。看到这一幕,上司有点不高兴,问道:"怎么了?"

"刚才有人说我跟一千年前原始时代的打扮很搭,我不知道怎么回应,于是思考了一下。"

"别这么说嘛。"上司笑了,"我年轻的时候也是穿着全黑的,领子戳到脖子会痛的衣服去那个时代的。"

"调查员透明化的提案还没通过吗?"yíng认真地问,"如果只是去调查的话,有必要非得重现那个时代的打扮吗?"

"因为我们完全没法预测,会在什么地方,遇到什么样的因果关系。至少,为了提高任务完成率,还是要控制那些不自然的打扮、举止和超前的功能。"

"嗯……"

yíng叹了口气,接受了。她以为话题到此结束的时候,上司又投影出了某个数据。

"那么,给你讲讲这次工作的具体情况。按照惯例,绝不能把我们的工作跟外人讲。数据记到脑子里之后马上删除,一切准备就绪之后就马上前往过去。"

"收到。"

"很好,这次想要你去一下1992年的秋天,调查当地发生的那场地震的原因和详细情况。"

公元3000年的"现在",已经不再用公元纪年了。但因为换算起来太麻烦,还是继续用这个说法吧。

公元3000年有一种职业叫作"时间警察",这个称呼至少在一千年前的公元2000年是很难想象的。

这是在时间管理机构工作的调查员们的别称。

公元2986年出生的我——yíng也隶属于这个组织。

"时间……警察吗?"

镜子里,戴着辅助视力的器具——蓝框眼镜的女性说道。

然后她笑了。

笑得很奇怪。

"怎么了?"

面对我的问题,果然是镜子里的女性……这位自称是"坂口霞"的女性,回了一句"没事"。

复演

REACT BY HARUKA HOJO

"抱歉,好好想了一下,我不能笑话你,也没资格笑话你。"

"因为你是能看见过去的人吗?"

"不,从其他角度上来讲,我是没有资格谈论时间的。"

我现在正在1992年的秋天,被大地震破坏的静冈县兴津市郊,离某个墓地稍微有点距离的茂密树林里,坐在一块从山体里裸露出来的岩石上,对着手上的镜子说话。

准确地说,是在和镜子里的坂口霞说话。

"那要是这样的话,你是……萤?还是盈?"

因为两边的发音都一样,我动脑想了一会儿,总算明白她的意思了。

"不,我的名字不是汉字。在我出生的社会里,已经没有用汉字来表示名字的文化了……用你这个时代的知识来解释的话,你就当我的名字是用拼音表示的吧。"

"是吗?那么,yíng小姐。"

"怎么了?"

"你说过吧。时间警察可以穿越时空。"

"嗯。"

我把自己身上的衣服展示给镜子里的霞看,然后说:"是叫水手服吧。这件一点没考虑防寒和保暖的衣服。这又是什么?这块覆盖着下半身的轻飘飘的布……我听说在你们这个时代露出内衣是很下流的行为,那为什么还穿这种构造的衣服啊?"

"噗。"

因为霞又笑了，我问道：

"怎么了？我说了什么奇怪的话吗？"

"你明明那么可爱，穿起来又那么合身，可就是这个用词和气场……"霞呵呵笑着说，"我觉得挺奇怪的，仅此而已。"

"肯定奇怪啊。我可是出生在距今一千年后的未来啊。听说自己跟这个时代的衣服搭谁忍得了啊。"

我一边回想着任务开始前上司的话，一边吐槽，但霞好像并不是这个意思。

"我说的'奇怪'不是这个意思。我是说，你穿着明明很合身，自己却感觉不合适，所以才奇怪。"

"……果然不行啊。"

我叹了口气。

"什么不行？"

"我之前为了工作学过这个时代的用语……看来时间跨越一千年，说同样的词也会产生理解上的歧义啊。"

"我倒是觉得你不用太过在意这个事情。"

霞随口回了一句，然后，一脸认真地问道：

"你们时间警察同志可以穿越时空……那，这个力量是……"

"对了。"

我开始为她解释。

复演
REACT BY HARUKA HOJO

虽然这个事发生在我出生前七百年吧……

公元2311年，当时某个十四岁的科学家，没有告诉自己身边的朋友和熟人，也没有联系当时他念的大学（当时已经没有大学这个称呼了，但因为解释起来很麻烦，就继续用这个名字进行说明），突然失踪了。

七百年后的今天，也没有找到他。

这个人……我当然知道他的名字，但没必要在这里透露吧。

这个男人，对于我们时间警察来讲，说得夸张一点，就是从失踪的2311年到现在的3000年，全世界所有地球人都在通缉，追查，寻找的人。

要说为什么，那是因为在这个失踪的科学家的房间里，留下了对人类来说堪称奇迹的力量。

也就是穿越时空的药。

有一股强烈薰衣草香味的紫色的药。

"薰衣草？"

霞不可思议地嘟囔着，于是我问了一下：

"怎么了？"

"不，有什么……在我脑海里闪过，但我想那大概是镜子里的我和其他次元的我共享了一部分情报的原因吧。也就是说，我虽然明白，但是又不明白。"

我虽然听不懂她的意思，但霞似乎不想再解释下去，催促道：

"接着说吧。"

因为话题已经跑偏了,就趁机再跑个题,我最讨厌这种薰衣草的味道了。

对我来说,这份工作就是强制劳动。

我既没求着它,也没想干它。这份跑到其他时代,穿着一身在当地不会显得不自然的衣服,有时候还得和几千年前的人说话的破工作。

虽然不能解释,但总觉得很讨厌。

在我看来,就连这个1992年的"现在",也是一个极其不方便的社会。

我讨厌和生活在一个一无所有的世界里的人相遇。

尤其是医院。

这个时代出现的那些疾病或者伤情,明明只要拿到我的时代,很快就能给他们完全治好,却不能这么做,也不允许这么做。

明明有救人的办法,却因为某些不能救他们的理由或因果而无法施救,这让我觉得非常不讲道理。

所以,我讨厌这份工作。

明明我很讨厌这份工作,可每次前去执行任务,去其他时代的时候,还是要吃这个薰衣草味的药。

因此,我开始讨厌薰衣草味。

听我说过这些之后,霞露出一副想不通的表情问我:"没法去掉这个味道吗？"

"科学家们好像并不在意这件事吧。再加上，他们说做出这个药的科学家，估计就是为了分辨这种药，才特意加上这么浓的味道，所以没必要去掉……确实，虽然没有适应性的人吃完药效只有五秒，但毫无疑问，这是个危险的药。"

没错，这个能够穿越时空的药除了发明它的本人之外，只有五秒药效，估计也是特意被调节成这样的。

"'本人'使用的话，是不受这个五秒规则限制的，我做出这种推测有自己的理由。

因为我们举全世界之力，在全地球找了七百年，最后都没找到制作出这个药的科学家。

也只能认为，制作出这个药的科学家利用药的力量，逃到了更早的过去，或者是更远的未来。

"你们为什么要花这么大工夫，去找这个人呢？"

"因为我们虽然发现了药，但不知道制作它的方法。"

我们彻底调查了科学家的房间，以及所有跟这个人有哪怕一点关系的地方，但最后还是没找到这药的制作方法。

唯一知道的只有一个客观事实，就是只要吃了这个药，任何人都能穿越五秒钟的时间。

"可是，从公元3000年来到这里的你，已经超过五秒钟了，现在……你还在1992年，对吧？"

"没错,虽然还不知道药的做法,不过倒是成功找到了对药有适应性的人。"

这个人不是别人,正是我自己。

不过,这个"适应性"究竟是什么,其实到现在还没有弄清楚。

唯一知道的是,不知道为什么,除了科学家本人之外其他人效果只能持续五秒的药,世界上却偏偏还有几个人和制作出它的科学家本人一样,吃下之后能够得到同样的效果。

所以,"判定"的方法也很简单。

吃下这个穿越时空的药,只要过了五秒之后没回来,无论这个人对其他职业有多好的适应性,多么有天赋,不管你是干别的能挣大钱,还是能当国家元首,都会被强制编入时间警察的队伍里。

"我呢……"

我知道在这个时代说这话,也没有任何意义。

我也明白,跟这个对我来说活在一千年前,而且还在镜子里的女性说这些话,也绝对不会让事情发生什么改变。

但不知为什么,我还是跟她发起了牢骚。

"我不想干这种工作的。"

"为什么?"

"朋友……"

适应性的测试越早做越好。

能多早就多早,这样最好。

复演
REACT BY HARUKA HOJO

这道理我懂。

但是我,真的是在很小的时候……在我还没懂事之前,大概只有四五岁吧。

就像命中注定一样,偏偏只有我的适应性测试开始得很早。

而且,不知为何,我又有这个适应性。

父母很高兴地,把吃了药没回来的我送走了。

因为时间警察这个工作,薪水相当不错。

于是,我就被交给政府。

从第二天起,就必须得学习大量的历史知识。

因为无论如何,我都一定会进行跨越几千年的时间旅行。

"朋友……"

一个都没有。

我非常想要。

没有一个人会听我说话。

"yíng小姐?"

"没事。"再怎么说也不至于哭出来,"没什么,我继续说吧……"

话虽如此,可我也没什么能说的了。成为时间警察的人要做的工作,是使用这份穿越时空的力量,确认历史上不明了的事件,以及被埋葬在历史黑暗面中的事实。

"比如呢?"

"拿你们国家的事来说的话,织田信长在本能寺之变以后其实还活着。只是,没有继续出现在历史的明面上而已。"

"……我直说可以吗?"

"怎么了?"

"真是跟我半毛钱关系都没有。"

"我想也是。"

听她这么一说,我也笑了。

确实是,半毛钱关系都没有。

消失在历史黑暗面的事,都必然有它消失的理由。

而把这些消失的事实揪出来,其实算是无视当时人类意志的一种行动。

原来如此。我再次意识到了,自己确实讨厌这份工作。

"那么。"我看向镜子,"这次轮到你了。坂口霞,你自称引发了这场地震是吧?你为什么这么说?还有,为什么你会在镜子里?"

"……这聊起来可就长了,你会听我说吗?"

"嗯。"

"估计要聊到晚上……不,可能要聊到明天早上了,你先去旅馆吧。"

"没关系。而且,我怎么可能住旅馆啊,我又没有钱。时间警察去其他时代的时候,身上都会有高度的屏障功能,不需要担心外界的温度变化。"

复演

REACT BY HARUKA HOJO

"我说的不是这个意思,你不会困吗?"

"不会,这是工作。"

"像你这个年纪的人,一般都不喜欢熬夜,第二天脸上长黑眼圈,会被朋友笑话的。"

"我……"

没经历过……这种事情。

因为没有朋友。

见我没有说话,霞就开始讲起她遇到的事情。

这的确是一段,无比漫长的故事。

"谁能给捋捋啊?"

这是听完一整套解释之后我最直接的感想。

坂口霞,是一个通过老家千秋家代代相传的手镜,能够看到过去的特异功能人士。

她使用镜子的时候,听从了未来自己的忠告,和某个男性结婚了。

有一天,她在上班的书店总店,遇到了一位少年。

然后不知道为什么,几个小时后就发生了大地震。

"等一下。"

"我知道你想说什么,但是我觉得老老实实把话听完能够加深你对这件事的理解。"

"……我知道了。"

我放弃了边听边问。

之后，霞又继续讲了下去。

霞通过镜子，向其他时间线的自己转达了这个事情。

没想到听她转达消息的另一个霞，居然和自己家族里的一个弟弟结了婚，甚至还生了孩子。

孩子的名字叫"保彦"。

然后，霞在书店里遇到的那位少年也叫"保彦"。

"老实说，我所知道的就这么多。"霞坦率地说道，"我不知道为什么这边会发生地震，但我知道有'保彦'在的未来，是没有发生地震的。所以，恐怕那边的历史才是正确的。"

"根本听不懂。"

我也很坦率地说道。

"那为什么你会被关在镜子里呢？"

更重要的是，我要是回到未来把这些事跟上司汇报的话，一定会被骂"开什么玩笑"。所以，我又问了霞一次。

"我完全没明白，到底是什么把事情弄成这样的。"

"我觉得保彦就是解决事件的钥匙。"霞说道，"还有那本'书'……因为我向镜子问了那本书的事情，所以才会变得这么麻烦的吧。所以我估计，那本书，应该也是一把钥匙。"

"书？书名是什么？作者是谁？"

我这么一问之后，不知为什么，霞一脸非常羞愧的表情。

复演

REACT BY HARUKA HOJO

"就是这个。"霞用手指,指向yíng,"我要是知道这两把钥匙背后的答案……就一定不会出现这种事情了。"

"也就是说,连你也不知道吗?"

"我只知道文章开头的部分。因为之前稍微瞟过一眼。但是,仅此而已了。"

"把你记得的地方告诉我。我回未来一趟,去搜一下。"

"呃。"霞突然断线了一下,但还是断断续续的,把自己记住的部分说了出来……虽然只有开头的一行而已。

"谢谢,知道这些就足够了。"

"光靠这一行,就能锁定要找的书吗?"

"可以的。至少我生活的那个未来可以。"

这样啊,霞感慨道。

"未来,变得这么方便了啊。"

"嗯。"

我点了点头,把刚才从霞那里听到的那一行文章,存到设备里。

存好之后,我站了起来。

"那我回未来一趟,你呢?把你扔在这里没问题吗?"

"没事,我已经不是活着的人了……"霞的口气有些寂寞,"能和你相遇,应该算是种命运吧。没事,可以的。你就把我扔到那边吧。"

"……"

她本人都这么发话了，按理说没理由再多顾虑。可我还是犹豫了。

连自己都不清楚，为什么心里会产生这种犹豫。

即便如此，我还是挤出一句。

"你还活在这面镜子里呢。"

"嗯。"

"即便如此……为什么你的声音，传不到其他人的耳朵里？"

"嗯，没有任何人能听到我的声音了。"

"那为什么我能听到？"

"可能因为你是时间警察吧？"

"光因为这个……"

我有点迷茫，不知道接下来该怎么办。

我不可能，把这面镜子带到未来。

组织绝不允许发生这种事情。

但是，我又在想，如果在自己生活的时代……

说不定能救她。

霞看着迷茫的我，用温柔的声音说道：

"yíng小姐真温柔呢。"

"……"

"没关系的。我已经从时间轴中解放出来了……事实上，我就像死了一样的……"

霞说着说着，"啊"的一声，停了下来。

复演

REACT BY HARUKA HOJO

"怎么了？"

"……有一件事我一直惦记着。你要是怜悯我，能不能帮我查一下我接下来要说的那个女孩的事？我想她可能还活着，想知道她的消息。"

"我带到这个时代的设备搜索范围有限，要是你觉得用它可以的话，我帮你查查。"

"我知道了，等一下啊。"

霞说出了一个名字。

"坂口盈。"

她是霞老公坂口清的亲妹妹，对于坂口霞来说，算是她的小姑子。

"她倒是没死。我从几年之后某个公司的名册上看见这个名字了。不过还是要说一句，这个设备终究查不清楚这个人和你说的是不是同一个人。"

"是吗……"霞好像放心了，"果然是这样。那孩子……盈她果然……"

"怎么了，果然是什么意思？"

关于这位和我名字同音的"盈"，我问了一下从关系论算她嫂子的霞。

她的回答挺让人吃惊的。

"盈呢，看不到我的身形。而且，也听不到我的声音。不对，应该说在变成这样之前，我肉身还在的时候，她就看不到我。"

"说不定……"霞继续说道。

"坂口盈她朋友所写的那个故事才是正确答案。"

回到未来的我,马上搜索了一下坂口霞所说的那本书的开头部分。

没有找到符合的书籍。

我把过去几千年的档案都比对了个遍,但系统的回复都是,找不到这本书。

但是唯独……

唯独出现这么一个有关联的项目。

看到这个标题,让我大吃一惊。

因为这和霞所说的关键词,完全一样。

然后,作者也是。

这位叫作冈部萤的作家所写的故事。

书名是《复写》。

把《复写》的故事记到脑海里的我,马上找了一下2002年静冈站周围的大型卡拉OK店,然后穿越到那里。

"怎么会……"

怎么可能会有这种事情。

用那种方法,不可能改变过去的。

复演

REACT BY HARUKA HOJO

绝对不可能的。

但是，故事里都有。

公元2311年穿越来的一位少年。

薰衣草的香味。

穿越时空的力量。

"不是吧……"

怎么可能会有这种事情。

我穿越到了卡拉OK店的走廊上。

此时正好有个上饮料的店员路过，我用洗脑装置让这个人告诉我店里最大包厢的情况。

店员说，包厢里大概有四十位青年男女。

"……"

怎么可能。

那是虚构的啊。

现实中不可能发生的。

虽然心里明白这个道理，但我还是加快了脚步。

"怎么会有这么离谱的事……"

如果单纯只是去哪儿的话，直接用穿越的力量就行了。因为穿越时间，其实也相当于同时穿越了空间。

这件事明明心里很清楚，但此时的我，甚至连想都没想起来。

之后才注意到，当时的自己，真的是……非常……急躁。

"过去改变了，怎么可能！"

不可能是真的。

也不可能做到。

就算真的做到了，也不可能逃过早先其他时间警察的法眼。

除我以外其他来到过去的时间警察，一定会注意到这件事，然后调查它。

可就算这样……一种不明真相的恐惧感，充满我的内心。

走到这间有问题的包厢门前，我停住了脚步。

身体动不了。

不敢，走进房间。

打开门之后，里面会有什么？

这扇门，真的和里面的房间连着吗？

我不知道。

这时，门把手突然发出咔嗒一声。

好像有谁，要从屋里把门打开。

我应该离开这里。

因为我知道，根据2002年的常识，这个时间中学生是不能待在卡拉OK店里的。

即便如此，身体还是一动不动。

就像是命运一般。

包厢门打开了，走出一位漆黑的女人。

复演
REACT BY HARUKA HOJO

她是一位眼神冰冷的美女,有着一头漂亮的黑色长发,全身上下穿着黑色的衣服。

这位美女看着我。

一下瞪大了眼睛。

然后。

"啊……"

发出了近似陶醉的感叹声。她用怀念的眼神看着我……

就像看着老朋友一样。

"'美雪'……"

听到这个声音,我仿佛被扔进了时间的海洋里。

不知从什么地方,飘来了薰衣草的香味。

几秒钟,不,也可能是几十秒钟。发生了一件很奇怪的事情,我在那段时间里失去了意识。

我只是,呆呆地站在那里。

那里,是静冈市中心的一家大型卡拉OK店。可能是因为店员打扫的时候没上心,店里积了一层灰。天花板上廉价的灯,发出不可靠的灯光,感觉很昏暗。

只有这个场景,在我脑子里记忆深刻。然后不知道为什么,我站在这位大概二十岁出头的美女面前时,整个人定住了。

可能是因为,她用这个名字叫我吧。

美雪。

在我们生活的时代里，已经没有用"汉字"称呼他人的习惯了。这种事情，身为时间警察的我，以前把它当成是一种知识学习过。

不，正因为我知道这些，所以才奇怪。

"měi xuě"这个名字，在日语中用汉字写可以有"美幸""美由纪"等几种写法。

除非冬天出生，否则用"雪"这个字起名的可能性很低。

更何况，静冈县内除了富士山周边，其他地方也基本不会下雪。

反正只要是出生在静冈的女孩，就算是在冬天出生，起个跟季节有关的名字，用"雪"这个字可能性也不高。

就算心里很清楚这个大前提，可当眼前这位漆黑的美女叫我"měi xuě"的时候，还是马上在脑子里转换出了"美雪"两个字。

我的第一反应就是"美丽的雪"的"美雪"。

所以，我联想到了时间的海洋。

冬天的雪，在夏天会融化成水。

于是脑袋里，唤起了一幅水滔滔不绝的画面。流动的水又变换为流动的时间长河，我记得在这个时候，我有一种漂浮在昏暗的水中的感觉。

但，这只是几秒钟之内的事情。回想起自己还有工作在身，正要把手伸向空中的时候，漆黑的女性阻止了我的行动。

"等一下，yíng。我不知道你想掏出什么东西，但如果你要对

复演

REACT BY HARUKA HOJO

我做什么的话,可就会变成现在的你对过去世界的你下手的一种悖论了。"

"你这家伙……"

我进入了警戒模式。

而且藏在背后的那只手上,已经握住了枪(虽然不是手枪,但也是在我们那个年代可以对人造成杀伤力的武器)。

时间警察的工作,当然也有可能穿越到战争时期……不光是第一次、第二次世界大战,也有可能介入到更早之前,更原始的时代,就像冷兵器连年征战的时代。

因此,我们时间警察被允许在工作中使用最低限度的格斗术和携带武器。

允许携带和实际使用不是一回事,但现在我别无选择。

眼前这个女人,为什么知道我的名字?

而且看到我这个……至少看起来是个年龄十四岁,穿一身校服的女生,她也没有吃惊。

我觉得这些事情,已经足够我要做点什么来震慑一下她了。

我把右手的枪,对准了漆黑的女人。

女人则是面无表情。

"你叫什么名字?"

"……"

没有反应。

我正打算朝旁边的墙上开一枪,让她知道这是把枪并且我在威胁她的时候,女人回了一句:

"呃,我也没打算把自己的名字藏着掖着。"

"那报上名来。"

"说自己的名字倒是无所谓,但是由于工作原因,我有好几个名字,有点不清楚该报哪个名字好。"

"废什么话肯定报真名啊!"

"要是说真名的话,感觉之后跟你一一解释你身上将要发生的事情会很麻烦,所以我在想要么还是报个别的名字吧。"

有种奇妙的感觉。

眼前这个女人,没有敌意。

这一点我很清楚。

不知为什么,自己就有这样一种感觉。

"总之……"女人起了个话头,开始说了起来。

……难得有这么个机会,我就模仿一下酒井同学的手法吧。他现在误以为《复写》真的实现了,在里面折腾呢。你放心,《复写》是不会发生的。

不,不应该这么说。

应该是过去的我,和未来的你一起演了一出"不让这件事发生"的戏才对。

复演

REACT BY HARUKA HOJO

首先，yíng。出于某些原因，现在的我在这里没法对你自报家门。

我可以把名字告诉你，但是这反而会让"过去的我"变得无法理解了。为了我自己，现在还是不自报家门比较好。没错，因为我，现在只觉得我是一个谜之女人而已。

……没错，这是真的。现在，我终于把这些都搞懂了。

我看见你之后，总算把这一切的因果关系都串了起来，理解通了。

yíng，把枪放下。因为我跟你是一伙的。

如果你不照我说的去做，你会遇到很麻烦的事。

首先……这本高峰文子写的《穿越时空的少女》，得先这样……这下就差不多了。前后都撕掉。

然后你去把这本"前后都撕了，不知道作者也不知道书名的《穿越时空的少女》"，放到这张纸上写的地址，记住时间是2311年。

做完之后你就回到1992年的夏天，我们中学的旧校舍……

到时候，你可别乱了。

你去到1992年夏天的时候会卷入到某个悖论里，只能在1992年到2002年夏天这十年之间来往。也就是，回不到未来了。

不过你别担心，过去的我，会为了救你做一些事情的……

我和yíng，也就是你，再加上之后的那个人……另外一个yíng一起。

呃，是坂口吗？

没错，就是坂口盈。

不对，我和霞小姐没见过面。对方应该也不知道我是谁吧。

是吗？虽然我也不知道事情的开端在哪里，但应该在其他地方吧。这种事情再怎么想也想不明白的。

话题有点跑偏了。1992年的夏天，等你听了过去的我和"他"的对话之后，会让你大吃一惊的。

然后，还是1992年的7月21日，等到了这天深夜……那时候我应该在天上飞。我知道用你带过来的技术可以轻松做到，所以到时候你要找到"我"，然后从那里取得"他"的DNA。我先说好，能取得"他"DNA的方法只有这一个。理由你懂的吧？他和我们一样……不对，还是差了将近七百年呢。不过，他用的屏障装置和你是同款的。到时候没法回到未来的你，只能从"我"手里拿到这东西。

接下来是1997年的冬天……到时候你……

说到这里，女人停住了。

"没事……"

一副悲伤的表情。

"就先不说结果了吧。"

说完，女人无视我，走了出去。

"喂……"

我伸出手，想拉住从我身边穿过的女人。

但是，我的手被她拍掉了。

复演

REACT BY HARUKA HOJO

"最后,我先和你说好。美雪。"

"我又不叫这个名字!"

"毕业相册,我会好好回收的,你不用担心。"

不知道为什么。

这个时候,我没有做出进一步行动。

女人最终也没有告诉我名字,只是把前后都撕坏的书递给我,安静地走出了店门。

之后,我按照指示穿越到了2311年,来到女人纸条上写的地址。来到这个好像是个仓库的地方,把书放在那里。

然后,yíng离开不到十秒钟,"他"拿到了这本书,四位女性也开始了四季的轮回。

2

书写时间的少女 ①

REACT BY HARUKA HOJO

复演
REACT BY HARUKA HOJO

　　写完最后一个字，我情不自禁地喊了一句：

　　"……完成了！"

　　我都不太相信自己身上能发生这样的奇迹，整个人兴奋地定在打字机前。

　　现在是2000年，千禧年。

　　季节是夏天。

　　因为租的公寓里没有空调，我把房间的窗户都打开了。

　　初夏的风吹进窗户，白色的窗帘随风飘动，确实有种暑假的感觉。

　　没错，暑假。

　　准确来说，作品写的是八年前的1992年。那年夏天的一幕。

　　我把初夏里的一个超出想象的故事，写成了《穿越时空的少女》这部小说。

　　"不……"

　　不不不，等一下。我给自己踩了脚刹车。

　　这个不是小说。

　　只是把我记忆里真实发生的事情，稍微用小说的手法改写了一下而已。

不过，能写出来也挺奇怪的。

该说是奇怪呢，还是什么呢？

自己写完之后总感觉哪里不对劲。

"嗯……不过，倒也没有很奇怪就是了。"

滚着滚动条把文章重新检查了一遍之后，我静静地站起身，从书架上拿出一本小说开始读起来。

我没有读它的故事情节，只是把里面的内容和自己的文章进行比较，于是跳着读完之后，把书放回书架，再拿出第二本。

"啊，原来是这样啊。"

自己终于明白，奇怪的地方在哪里了。

因为我的书架上只有这两本"小说"。

我本来也不怎么喜欢看书……小说也包括在内。

自己姑且是个大学生，所以屋里倒是有上课用的课本和参考书，可这些"书"和"小说"虽然从媒介上分类是一致的，但其实根本不是一个东西。

这个事的道理就像每个作家各自有不同的创作体裁，有些作家的行文风格还颇具特色，不能一概而论。

"可是……我也没写过别的文章啊……"

我也想不通，为什么能完成这个作品。

拿体育运动来类比的话，可能就没那么难理解了吧。

比如一个只知道棒球规则，但是一次棒球都没打过的人，人生第

复演
REACT BY HARUKA HOJO

一次踏上打击区就在比赛里咣咣打出本垒打。这只能说明，他之前单纯就是没机会打棒球，其实天赋是职业级的。

但小说不一样。

不光需要天赋，还需要阅读的累积，没读过小说是不可能写出来的。

比如未来人保彦，他写不出字。

这个转校生压根儿就没有"用手写字"的习惯，估计连"用手拿笔"这个动作都没做过，所以他再怎么练，也不可能写出字。

因为他没有写字的经验。

明明道理差不多，但我写出来了。

"这是只读过一两本小说，就能写出来的吗？"

我虽然语文成绩不算好，但也知道，也理解，阅读和写作并不是完全相关的。

不会写小说的人，无论读多少书……积累多少经验，也还是不会写吧。

可我这种基本没读过小说的人，真的就能写出来吗？

"话是这么说，可一不小心，不就写出来了吗？"

我都能猜到编辑看完这句话会觉得不对劲，但也只能这么解释。

因为动笔了，所以写出来了。

我觉得把记忆写成文章，和把这件事跟别人说清楚不是一码事。可我怎么都没法把这个道理，往自己完成的这件事上套。

"算了，就当写小说是自己的一个爱好吧……"

也不用把这件事太放到心里去。

差不多也快到中午了。

我正想着煮碗素面的时候，"写书的理由"变成了声音，回响在我的房间里。

"没有，我知道的。真的没关系，我会想办法的，妈妈。"

结果那天，我连午饭都没吃上。

在老家的妈妈突然来了一个电话，之后的命运……就不用写得太细致了吧。单就我现在大四夏天都没找到工作这个情况，就被她训了一顿。

妈妈在电话里唠唠叨叨的时候，我想趁机悄悄地拿个小面包吃。

再怎么说，骂到下午两点，我不抗议肚子也抗议了。

可是，我妈连这点事都不让我做。

"你现在正想偷着吃面包吧。"

她怎么发现的？

老妈你会超能力吗？

"我可不记得我把自己孩子培养成边吃面包边打电话的丢人玩意儿。"

"还不是因为您中午突然给我打电话，我还什么都没吃呢！妈妈你不也没吃饭吗？"

复演
REACT BY HARUKA HOJO

"我是吃完饭才打电话的。"

"那您倒是先问问我吃没吃饭啊？"

"你要是吃了饭，能好好听我教育你吗？"

什么鬼。不让我吃饭，就是把我一直吊在电话前面？

不过，没过多久，妈妈可能是大声说话太累了，开始总结道：

"总之，生活费我答应给你出到大学毕业，可之后你要是不能养活自己就麻烦了。就算你回老家我也得给你赶出去。要是不想这样的话你要么找工作，要么就找人嫁了。"

"二十二岁就结婚，是不是有点……"

是的，我现在已经被迫站在人生的十字路口了。

大四夏天，都没拿到offer。

这意味着，情况已经接近绝望了。

能想到的出路，大概也就三种。

打零工。

结婚。

读研。

"读研"的话要交的学费比现在还贵。虽然说也有借助学贷款这种办法，但一是要经过审查，二是迟早有一天这些钱还得还。再加上，我本来就是随大流上的大学，本身也没有继续深造的欲望。所以，从现实的角度讲，我只剩下两条路了。

事情就是这样。

现在我又从自己身上，找到了能写出一本小说的理由。

就是为了逃避。

通过八年前的回忆，让自己不去想就业难和不景气的现实。

这可能才是我这种没怎么读过小说的人，最后能写出小说的原因吧。

我自己是已经想清楚了，可面对妈妈的说教……说这么长时间应该接近抱怨了吧……还是没找到理由打断她。

"要是你一个人的话，我觉得怎么都能有办法凑合应对，但我太天真了。不，准确地说不是你，而是雪子。她说她想上大学，让姐姐你上了大学，却不让雪子上的话，那孩子也太可怜了吧？"

"这个道理我懂。正因为我懂这个道理，不是才努力学习考了个公立大学吗？"

"唉，事情怎么就变成这样了呢？"

妈妈叹气的样子在我眼前闪过。

"按照我早先的设计，应该是能把两个女儿供到大学毕业的……可是，打开存折一看，里面的钱比我想象中少。我问你爸了，他也没偷着花。"

听到这里，再怎么说我也得认真问问了。

"那个，没问题吧？"

"还不至于让女儿担心。你现在找不着工作，有工夫操心我还不如自己先站稳脚跟，找个公司上班呢。我为什么给你打电话啊？"

复演

REACT BY HARUKA HOJO

"都说了，道理我都明白……"

不知道为什么。

我心里"想工作"的欲望，低得连自己都难以置信。

人类，不干活就吃不上饭。

除非你一投胎就是有钱人家的孩子，否则正常来说都得工作。

这种常识中的常识，我自然也清楚。但和常识相比内心不想工作的感情占了上风。

我也不是没去找工作。我也按照常规准备了简历和报名表，买了套西装，化了妆，又买了本教你怎么面试的书，在面试前的休息室里也往手心上写了三遍"人"字，可就是屡败屡投，屡投屡败。

有一次，我问了一下我落选的理由。

他们本来是通过书信告知我落选的，但因为当时面试的是大学的学生协会，几天之后，我直接去找协会的人问了一下自己落选的理由。

这理由，我是不能理解。

协会的大叔是这么和我说的：

"你啊……怎么说呢……能感觉到，你很认真，学历也无可挑剔。实际面试之后，倒也没发现什么大的失误……"

协会的大叔，用一种不可思议的眼神看着我的脸说道：

"就是觉得，你有点太冷静了。刚毕业的人，多少都有点浮躁……要不然就是紧张得整个人行动僵硬。但是，你身上完全没有这

种感觉。然后不知不觉，我们就不打算雇你了。"

面试冷静，为什么会跟我落选联系起来呢？

我没上过班，怎么都想不通这个道理，又进一步问了问。

"简单来说就是，你给人一种经常跳槽的感觉。从面试官的角度看尤为明显。不停跳槽的话，说明你之前的工作不是被人辞退了，就是自己找到理由不干了，这样的人面试官可不太敢用啊……就是这个道理。可能有点对不起你，但没办法，现在社会就这样……"

我都没上过班，所以就更别提跳槽了。

但是听他这么一说，回想了一下，确实，我没在面试的时候上过头或者慌过神。

我自己也没想到，在接受面试的时候能那么冷静。

这总不能说是往手心写"人"字起的效果吧。

说真的……我面试的时候已经冷静到都想问问"为什么其他人就冷静不下来呢"？

我只是非常非常普通地被人问问题，然后再普通不过地回答提问而已。

谁能想到这样做居然能产生反效果，离谱也得讲究个基本法吧。

没错，就是这个。

听完协会大叔讲完之后，我问了一句："那我应该怎么办才好呢？"

我头疼的就是这个。

复演

REACT BY HARUKA HOJO

再怎么说,我也不能在面试的时候故意演出一副"我现在紧张得一塌糊涂"的样子来吧。那就本末倒置了。

所以,我放弃了。

所以,我逃跑了。

所以,我开始写小说了。

"总之呢,最起码你得找个工作吧。要是当不了正式工,打打零工也行的,干什么都行,反正你得给我找到挣钱的办法。"

"我知道,我真的会想办法的……"

这话我是发自真心的。

我既没有打算继续当无业游民,更没有打算回老家啃老。

但现实就是找不着工作。

我想,当时发生的一切应该就是命运吧。

"啊……"

窗户里吹进来一阵初夏的风,吹掉了桌面上的一本小册子。

我忘记这本小册子是从哪里来的了。也许是在车站前拿到的,也许是为了消磨时间从书店免费拿到的宣传物,也许是命运的安排,它就在我的房间里。

册子掉到地上,里面的内容露了出来。

风继续吹着,册子翻动了几页,正好停在了小说新人奖公开征集活动的报道页上。

那个瞬间,我说不出话来。

"美雪?你在听吗?"

妈妈的声音,好远。

眼睛被这篇报道吸引了过去。

我下意识地看了看打字机。

机器上有刚刚写好的处女作。

"美雪?"

"啊,嗯。"这个瞬间到此结束,我恢复了意识,"那个,妈妈,我想到自己想干的工作了,所以我得马上去写简历。"

而妈妈一副将信将疑的样子。

"真的吗?不是为了挂我的电话?"

"是真的。"

"什么工作?"

"呃,暂时保密。"

说保密,主要还是因为现在不知道妈妈接不接受。我很轻松就能想象到我说"我想做这个工作",然后妈妈反对的场景。

因为这是一个前景未知的工作。

不过妹妹喜欢看书,她听了之后可能会很高兴,所以我打算只告诉她。

总之,跟妈妈打完电话之后,我认真读了读这个报道,然后拨通了电话。

是打给出版社的。

复演

REACT
BY
HARUKA
HOJO

没过多久，电话通了。

"您好，这里是R出版社。"

"那，那个，关于贵出版社正在征集新人奖作品的活动，我有些想咨询的……"

"初次见面，高峰小姐。我是R出版社的编辑相良。"

"嗯……"

从那个夏日之后又过了几个月，季节来到了秋冬交际的十一月。

我在静冈站旁边一家酒店的大堂吧里，和这个人见面。

"那个……"

我收下对方的名片，正要问问情况的时候，这位叫相良的女编辑先冲我发问了："高峰小姐，您抽烟吗？"

"嗯？不，不抽，我不抽烟。"

"是吗，太好了。"相良一副真的放心了的表情，"因为作家老师抽烟的比较多，在禁烟的地方开会，经常开着开着有的人就开始不高兴了。"

原来是这样啊。我和这位编辑开会的大堂吧吸烟区已经满座了，于是坐到了禁烟区。

作家里抽烟的人多，这个概念我多少能理解。估计是压力太大想抽一根吧。

但是，我不是作家。

准确来说是，我的作品《穿越时空的少女》进了某个新人奖的决赛圈，但最终还是落选了。

也就没能正式出道。

这个消息我是从R出版社总编给我打来的电话里听说的，可几天之后，同为R出版社的编辑，又打了个电话给我。

"能让我和您当面聊聊吗？"

"是的，高峰小姐您的作品没有评上我们社的新人奖。我想跟您聊的事情，和奖项没有任何关系。"

"嗯，和奖项没关系，但也是跟出版有关的工作。是我个人，想请您执笔创作一下。"

于是我按照电话里说的时间和地点，今天就坐在了这里。

"那个……"

我有点畏缩。

因为我不知道相良的意图是什么。

"我应征的那个新人奖，不是已经落选了吗？可为什么R出版社的人，还要……"

"别担心，别担心，这是常有的事。"

相良喝了一口咖啡，开始向我解释：

"为了让你不混淆，我先从一般情况……也就是获得了我们社新人奖之后开始介绍。首先获奖的老师先要来东京。然后，在出版社开会……嗯，根据编辑和主编的类型不同，通常会在会后喝酒或者共进晚餐。然后获奖作品能顺利出版的话，就会开一个获奖的招待会。嗯，这就是给老师一个亮相的机会。招待会对于获奖的老师来说，其实就是名片的交换大会。招待会上会有各种人物出席，出版社的人肯定会来，除此之外，当评委的作家老师也会来，以前获奖的作家，新闻媒体、书店店员之类的也会出席。然后……这应该是一直流传下来的习惯吧，银座的陪酒女们也会来。没错，作家老师那边的座位永远烟雾缭绕。作家的招待会，一定是可以抽烟的。因为好多老师一说禁烟，就压根儿不来了。"

"哈……"

我应付得很暧昧。

获奖的情况我清楚了，可我又没得奖，跟我讲这些是什么意思啊。

"然后，接下来要说的才是重点……其实，无论是获得新人奖出道的人，还是自费出版出道的人，从现在开始都是一样的。也就是说，都要拿实力说话。只要出的书有意思，就会受到好评。就会不停有出版社问，能不能在我们这里出本书？反过来说，不管当年拿的奖项多权威，出的书没意思，那也就到此为止了，不会有人再找了。这就是为什么每年都会有新人作家刚一出道就消失，都是同一个套路。总会有嫉妒的人说什么'那家伙是托关系才有书写的'，其实这类说法在我们的圈子里是不适用的。没有什么关系，单纯就是编辑想要读这位作家的其他作品，所以才会来跟作家见面的。"

"可我还不是作家呢。"

"所以我这不是来邀请您吗？要不要当作家？"

"呃……"

听到对方说出这么一句出乎意料的话，我有些动摇，差点把自己点的咖啡的咖啡匙摔了。

相良从包里拿出一个印有R出版社标志的信封，从里面掏出一沓印着东西的纸放到桌上。

这个是我写的《穿越时空的少女》的打印版。

"您的作品我拜读过了。虽然很遗憾没能获奖，但我认为这个根据您独特的思路写出来的故事，是很好的作品。"

"您过奖了……"

我总算理解现在的情况了。

"也就是说，这是来挖我了吗？"

"不是不是。"相良慌忙换了种说法，"我的行为确实是挖人，但是在我们编辑圈，我们不管'这个'叫挖。因为这种事情在圈里是每天都会发生的。"

我又仔细问了问相良，明白了这种事在编辑看来好像是司空见惯的。

编辑，自然就是编辑书的人。

编辑负责的作家，有定好的，也有没定的。

在一个出版社里，比如说确定编辑A来做B作家的责任编辑时，

复演

REACT
BY
HARUKA
HOJO

除非A主动让出或者换了工作,否则其他编辑就算想去负责B作家,也是不会换人的。

反过来说,如果这位作家的责任编辑还没定的话,编辑就会去跟自己想合作的作家见面,问对方要不要出书这样子的。

相良这样说:"通过参加新人奖征集,然后获奖出道,确实是最快能成为职业作家的一条路。如果编辑读完原稿之后,想把书出一下试试,想看看这本书出完之后有多少市场价值,然后自己就……可能有点说得太过了,但优点是至少我可以自由地和作家老师当面聊。"

"但也不可能靠相良小姐一句话,就决定一本书能不能出版吧?"

"那当然,需要获得主编许可。不过,新人奖获奖作品,也仅仅能证明这个作品有那些评委作家老师的认可'加持'而已,说明获奖作品确实'有意思'嘛。编辑们如果自己认为某个作品'有意思',只要能得到社里同意,也可以直接去问作者要不要出本书试试,这是出版圈的常识。"

"所以就算有些作家没拿到什么奖,也不影响人家红哦。"她这句话一下点醒了我。

之前根本不知道。

我还以为没拿过奖,就没法出道呢。

还有这么一条路啊。

也就是说,在编辑看来,无论对方是新人奖的获奖人,还是落选人,跟出书都没关系。

"我也能以作家身份出道吗？"

"是的，就是这个意思。"

我看相良重重点了点头之后，在心里做了一个庆祝动作。

倒也不是打心眼里"想成为作家"。我的工作欲望，还是那么低。

即便如此，只要书能出版，我就有收入。

当然，我也想过，没拿过奖的无名作家不可能一上来就大卖，这个圈子没那么简单。但心里还是很高兴。

想到这里，自然就不紧张了。总算可以喝出咖啡的咖啡味来了。

"太好了，看来您理解了。"相良用一副放下心来的表情说道，"那么，从现在起，我就是高峰小姐的责任编辑了。以后工作上的事情，我可能会说得比较重，请您多包涵。"

"啊，好的，我才是需要您多照顾。"

听到相良小姐的这句话，让我这种什么都不懂的新人真的很高兴。

在进入编辑阶段之前，相良先教给了我一些非常基础的事情。

首先去准备几百张名片，上面要印着笔名和电话号码。

交流作品原则上要通过邮件。

提前准备红笔和笔记本之类的工具。

现在还好，要是以后红了，最好还是提前准备一台传真机。

她教了不少东西之后，我把我注意到的问题提了出来："相良小姐一直叫我'高峰'对吧？我知道作家准备一个笔名是很正常的，但是，要一直这样吗？"

复演

REACT
BY
HARUKA
HOJO

"从不用真名的角度讲，确实如此。除了往您家寄东西，怕快递员搞错的时候会用您的真名之外，其他时间，比如像这样开会的时候，没有编辑会叫作家老师真名的。"

"呃，我不是这个意思。"

我向她解释了一下缘由。

"高峰文子"这个笔名，是我初中时候的一个关系不错的女孩用过的笔名。

因为自己也没想过真的能出道，所以就随便拿来用了。

相良听完后，是这样回复的：

"我查过了，现在没有'高峰文子'这个笔名的作家。所以，我觉得您不用太纠结。"

原来如此，太好了。我还担心会不会有著作权方面的问题呢。

真的是解了一个心结，这下我放心了。相良看到我现在的状态，用更友善的口气问我：

"你刚才果然很紧张啊？"

"那当然。"我用疲惫的声音回答，"我也是人生第一次，跟编辑见面聊天啊。"

"你不用跟我那么客气的……我之前忘说了，我们两个其实同岁。"

"呃！？"

太让我吃惊了。可能比能出道这件事还让我吃惊。

你想啊，相良她这一副西装革履的打扮本就显得很自然，再加上一头成熟干练的短发，怎么看都是厉害的职场精英啊。

"你想，我还是大学生对吧？……啊，难道相良小姐是跳级生？"

"才不是呢。"相良笑着否定，"才不是呢，我是高中毕业进的R出版社。所以，现在是第四年上班。"

"啊，这样啊……"

状况我理解了，同时，心里不知为什么有种奇妙的感觉。

我这种老老实实上完大学的人找不着工作，而高中毕业就上班的相良现在已经是职场精英了。

（算了……每个人跟每个人的活法不一样，也是很正常的嘛。）

看到相良左手无名指上戴着的戒指之后，更加重了这层想法。

应该不单单只是个装饰吧。我知道有人为了时髦会戴个戒指，但也应该不会戴在那个位置。

美雪有位和相良一样高中毕业就去上班的白领朋友说过，为了躲搭讪和没必要的相亲，确实有人会戴个戒指伪装一下。可相良应该不是这种情况，因为她从一开始就知道我是女人。

也就是说，相良已经结婚了。

这种个人隐私问题也没法特意问一句"您结婚了吗？"，不过应该八九不离十。

明明都是同岁的女生，一边是闲到冒泡的大学生，另一边则已经就业结婚了。

复演
REACT BY HARUKA HOJO

我在想，究竟发生了什么，人家的人生和自己的人生的差距能大到这份儿上。

"那么……同岁的相良小姐，请多关照。"

说着，我伸手去拿放在桌子上的《穿越时空的少女》。

拿到《穿越时空的少女》后，我问相良：

"我没做过编辑工作，是不是就是'修改这部分'或'删除那部分'之类的工作？"

我的问题没有得到答案。

我看了一眼相良，发现她正在用一种诧异的眼神看我。

我不知道发生了什么事，过了一会儿，相良拍了拍手。

"啊，不，对不起。这件事我好像让您从根本上产生了一点理解上的偏差。"

"嗯？"

"那个，不是您理解的意思。我找您不是为了来出版《穿越时空的少女》这本书的，而是想问问高峰小姐您能不能另写一部作品，如果这本书不错的话，就由我们出版社给您出版。"

"呃……"

心咕咚一声沉了下来。

这……

这我可做不到。

我只有《穿越时空的少女》这一个作品。

毕竟，这个作品。

这个故事是……

相良继续讲，声音听起来还很开心：

"不用担心。既然能想到这么独特的设定，那一定能写出其他作品的。"

不，做不到的。

因为这个故事，不是我编的。

相良没有注意到我的小绝望，从包里掏出了一本别的书。

"今天我来拜访您，除了邀请您创作一部新作品外，还想给您介绍一本书。这本小说虽然不是我们公司出版的，但没准能给您的新作品提供一点参考。"

说着，相良把一本单行本放在桌子上。

我虽然没什么兴趣，但还是把相良跟前的书拿了过来。

书封面画着一个穿着和我初中校服差不多的水手服的女初中生。

而在少女身后，有一个人。

那个背影，是……

说不出话来。

"这是T出版社出的《复写》，是一位叫冈部萤的作家写的。您读过之后就能明白，其实跟高峰小姐写的《穿越时空的少女》在内容上……"

相良的声音，没有传到我的耳朵里。

复演

REACT BY HARUKA HOJO

我现在无比震惊。

为什么,你会在那里?

保彦。

"我"不知道。

"我"和《复写》的作者第一次见面,恰恰就在八年前。

"那也就是说,能以小说家身份出道了是吧。"

"妈妈。"我用疲惫的声音回答,"你有好好听我说话吗?人家说不用我投稿的作品,而是让写本新书。"

"所以呢?你能写的吧。"

"我都说了……"

不,并没说。

因为那个故事……

那个,过去……

是属于我一个人的。

我真的,真的没法跟外人解释,那是个真事。

首先,从实际情况上讲,妈妈还没看过《穿越时空的少女》。

所以,我只能糊弄过去。

"嗯,姑且先试试吧。"

"我知道了。出版的日子定了之后告诉我啊。我得买个十本八本

的送给邻居。"

"您可千万别这么做啊。"

我再次提醒妈妈,然后挂了电话。

然后,我又重新定在原地,盯着相良给我的那本,现在放在桌子上的《复写》。

当然,我已经读过了。

和相良告别后,我赶回公寓,花了三个小时读完。虽然有点震惊,但多亏我刚一读完,妈妈就来了电话,这多少让我恢复了冷静。

我小心翼翼地伸手去拿《复写》。

翻到序章部分,又读了一下。

"我"出现在了里面。

故事就从我——大槻美雪,为了遵守1992年与他的约定,准备手机的场景开始。

1992年的我要来拿这部手机了。

但"我"没有来。

正因为没有来,所以才迎来了这个故事的开始。

然后,又迎来了一个令人震惊的结局。

不仅仅是"我"。

全班同学,都和这位从未来穿越过来的转校生一起度过了夏天,许下了找书的约定,一起逛庙会逛书店,并在旧校舍见证了事情的始

复演

REACT BY HARUKA HOJO

与终。

然后——在这个过去被《复写》的地方,故事结束了。

我不禁抱住了头。

这是什么?

为什么会这样?

为什么,这本书里写的情况会和现在我的情况一致,和过去我的情况也一致,而且在此之上还和我……

"和友惠……那个夏天,和友惠聊天的场景……"

书里写了这段,那也就是说。

"我,友惠……"

只有我们两个可以。

只有我们两个可以写出这一段。

但是,我并没有写。

那这样的话,只可能是友惠了?

只有在那个夏天和我走向不同道路的,我曾经的好友,雨宫友惠了。

我赶忙翻出中学时候的相册,想在最后毕业学生一览的地方,找一下友惠家的电话号码,找着找着我突然想道:

"不行……我记得友惠在初三的时候就搬家了……"

所以,中学毕业相册上写的电话号码和住址都派不上用场。

再加上,我和友惠自从那个夏天之后就闹掰了,所以我连雨宫家

搬到了哪里，友惠上了哪所高中都不清楚。

老实讲，我也不知道该怎么办了。

我们的中学，被原封不动地写在书里。

我们的行动，被原封不动地写在书里。

我们的名字，被原封不动地写在书里。

但书里点出，我们的过去，并不是我们自己所知道的那个过去。

"而且……如果这个故事是真的……"

保彦真正想留在记忆里的，只有一个人。

也就是第一个人，我……

"怎么……会……"

确实，正如故事中所述，告别之日时，我在空中和保彦接了吻。

现在眼瞅着就要成为大人的我可以断言，那不是恋爱。

我大槻美雪，并不是因为带着恋爱的感情，才度过了那些时光。

突然转学过来的转校生……非常帅气，一切都感觉很新鲜，而且他又突然出现在那个命运的日子里……

其实只是陪他找找书。

并不是男女间的交往，只是陪一个画风有点奇怪的朋友而已。

这是实话。

但是，这种过去……

正当我混乱的时候，突然电话响起，吓了我一跳。

赶忙看了一眼时间，已经夜里十一点了。

复演

REACT BY HARUKA HOJO

　　我并没有《复写》作品里写的那种手机，所以并不知道是谁打来的电话。

　　这个时间家里人一般不会来电话。就算真是家里人，可我刚刚才和妈妈聊过，有什么事要说的话也应该会在那时候说才对。

　　也有可能是我的朋友，但此刻应该更不是给朋友打电话的时间。

　　估计是什么紧急的通知吧，我战战兢兢地接了电话。

　　"……喂，您好，我是大槻。"

　　"啊，高峰小姐吗？这么晚了真是不好意思。我是R出版社的相良。之前承蒙您关照了。"

　　和预计正相反，听筒里责任编辑的声音听起来很轻松，整个人一下就放松下来了。我跟跟跄跄地拉来一把椅子，坐好之后再继续回答。

　　"……是相良小姐啊。"哈……我缓了口气，"太好了，这个点我还以为家里人出了事故生了大病呢。"

　　"啊，这个时间打电话，给您添麻烦了吗？"

　　相良的声音，听着有点不知如何是好。

　　"不，没添麻烦，这个时间我也没睡，只是没有朋友会在这个时间给我打电话，有点吃惊罢了。"

　　"我明白了，那以后我尽量不在这个时间打搅您。"

　　哎呀，您还挺客气。可又一想，这可能是出版行业里的常识吧。

　　"不，是我处理得不好。出版社加班司空见惯，基本上每天都是末班车回家，所以我的时间观念也跟着不正常了。而且，作家老师也大多是夜里工作比较有进展的夜猫子类型，就不知不觉，在常识上不太方便的时间给您打电话了。"

"这样啊。"

"不过，也有作家老师和正常人一样白天工作的，这种情况我就尽量在非常正常的时间给对方打电话。高峰小姐您也是这样吗？这个时间在电话里开会是不是……"

"……简短的通知我不介意，但是长时间电话会议，就有点……"

这一点我还是实话实说吧。因为平时再过一个小时，我就该睡觉了。

"我明白了，那今天就只和您确认一下情况。"

"啊，稍等一下。"我赶忙打断相良，"那个，我刚刚拜读了您给我的《复写》……"

"啊，有什么感受吗？"相良的声音听起来有点高兴，"这书有趣吧。"

"有趣……"

不，这可一点儿都不有趣。

因为那段记忆和故事，都是真实的。

就这么原封不动地……连同学的姓名都原封不动写在里面了，也就意味着……

复演
REACT BY HARUKA HOJO

虽然不懂具体法条,但这不是侵犯了什么权益吗?

我迅速在脑子里过了一下。

应该怎么跟什么都不了解的相良,去解释这个事呢?

我觉得这件事还是先从名字来谈比较好,于是这样跟相良说:

"那个,相良小姐。您推荐给我这部作品……是因为主人公的名字相同吗?"

"哎?"

相良的反应出乎我的意料。她好像单纯只是有点惊讶。

"……啊,确实是一样的呢。但我觉得这并不是什么值得惊讶的事情哦?就算书中很冒犯地出现了高峰小姐的真名,这也不是什么特别稀奇的事。"

"话是这么说没错……"

但是,其他所有人物名字都一样。

比如,中学的名字。

"那个,其实我还没跟您说过,我就是故事里面出现的冈部町的人。"

"哦,真巧。"

"然后,冈部町只有一所中学,只有一所冈部中学。"

"这又怎么了?"

"但是,作品里首字母缩写却写成了N中学。"

"肯定的啊。"

为什么？心里浮现出一个问号。

这是真实存在的学校。

可作者，却把名字换了。

但是，相良很冷静地，用讲常识的语气反驳我说：

"怎么可能把真实存在的初中校名直接拿来用啊。我不清楚作者是出于什么想法把那里当作故事舞台的，也不明白为什么要用那所中学。但如果调查后发现当地只有一所中学的话，即使是首字母缩写也不会直接写出来。而且假如作家真的这么写了，编辑检查的时候，也一定会给它改掉。这是理所当然的。想原封不动使用这个名字的话，是需要得到校方许可的。"

"这样啊。"

道理是这个道理。

所以我也没有在《穿越时空的少女》里，"原封不动"地使用那些名字。

于是，我试着从其他角度去打探这个事情。

"那相良小姐推荐我这本书，是因为故事内容完全相同吗？乡下的中学转来了一个新同学，而这个人其实是未来穿越来的人之类的。"

"嗯，简单来说是这样的。因为设定上稍微有点相似，我想您读了之后可能会激发出一些别的灵感，所以就把书给您了。"

"那这是《穿越时空的少女》不能出版的理由吗？"

复演

REACT
BY
HARUKA
HOJO

"——您这是什么意思?"

"是因为内容过于相似吗?"

这一点,和我的过去无关。我只是单纯这样想而已。

何止是像啊,那根本就是一个模子刻的。

既然《复写》这部作品已经出版了,之后如果再出我写的这部内容相似的《穿越时空的少女》,读者肯定批判的是我吧。我虽然还不是作家,但这点道理还是懂的。

可是,相良的反应却是:"您在说什么呢?"

"一点都不像,完全不一样哦?高峰小姐的故事以恋爱和青春为主,《复写》是科幻……外加一点恐怖。体裁都完全不一样的。"

"不是这个意思。"

我开始急躁起来。

我不能说出口。

那段过去其实是真实的,这我无论如何都不能说出口。

"假如说……《复写》里出现的同学是真实存在的……"

没错,是真实存在的。

"再假如说……作者也来自冈部,和我有相似的经历……"

友惠和我,以前是好朋友。

"我们经历了相同的事情,然后基于这段经历,写下了……"

应该只有友惠和我知道的这段记忆……

其实是现实。

所以——

但是，我的责任编辑相良，却开始呵呵笑了起来。

"……相良小姐？"

"抱、抱歉……高峰小姐，您果然有当作家的天赋啊，这段妄想真是可以啊。"

"妄……"

妄想……？

不是现实……？

可是。

"我……"

我可是写了《穿越时空的少女》啊。

可是有作为母本的记忆啊。

"您冷静一下，高峰小姐。"相良的声音里还带着笑，"您读完《复写》之后，很兴奋吧。我能理解，因为我读的时候也很兴奋。"

"呃，那个，不是这个意思。"

"所以呢，高峰小姐。您冷静一点，您认真读完《复写》了吗？"

"嗯。"

读过了。

所以，我才……

但是，相良接下来的这句话，才是真正压倒性的现实。

"从未来穿越过来的转校生的故事，现实里怎么可能存在啊？"

复演
REACT BY HARUKA HOJO

我无法反驳。

因为相良说得一点都没错。

第二天早上，我想到了。

我躺在被窝里，带着困劲的时候，突然想到了一件事。

我想和其他的同学聊一聊……比如，班长樱井唯。

然后与此同时，我又注意到。

昨天晚上，相良来电话之前……

"我没有《复写》作品里写的那种手机，所以并不知道是谁打来的电话。"

我没有。

我明明没有，但为什么会知道"手机"能显示来电方的姓名呢？

"……为什么？"

但是，疑问败给了困劲，消失在睡眠中。

我给樱井的老家打了电话，跟她妈妈说自己是"中学的同学"，获得对方的信任后才得知，樱井唯已经在两年前被杀了。

什么……

我说不出话来。

在《复写》这个作品里，樱井也被杀了。

樱井的妈妈问我能不能去上支香，我只好回答那明天到您府上打

搅，然后挂了电话。

"这是什么情况……"

果然这还是现实。

这不是和《复写》的剧情一模一样吗？

就在我害怕地把放在桌上的书藏进书架后。

我接到了相良的电话。这次很守规矩，是白天打来的。

"承蒙您多关照，高峰小姐，我是R出版社的相良。"

"啊，您好。"

"距上次开会已经过了一周，想问问您进展如何，所以给您打了电话。故事架构怎么样了？整理出来了吗？"

之前已经听相良讲过，作家和编辑开会，好像一般是从讨论故事架构开始的。

第一次开会的时候，相良说：

"所谓故事架构，总之，请把它看作是一个能够把握故事全貌的梗概。怎么写都可以，每个作家有自己不同的方式，有写出场人物的，有分要点说明故事是怎么发生和结束的，有用流程图来说明的……所以，高峰小姐，也请您用自己认为通俗易懂的方式来写一个故事架构，然后发邮件给我。"

我姑且也是想成为作家，所以她这么说过之后，我也试着想了一下《穿越时空的少女》之外的故事，但是……

"对不起，暂时还没有一点灵感……"

复演

REACT BY HARUKA HOJO

　　我尽量用抱歉的语气向相良道歉，但对方似乎并没有让我道歉的意思。

　　"嗯，毕竟太着急也想不出什么好架构。怎么办呢？我明天正好有空，要不要再去静冈和您当面碰一下？"

　　原来如此，所以今天才给我打电话的吧。我这样想着。

　　可是，我拒绝了她。

　　明天，我得去樱井老家给人家上香。

　　我把这件事跟相良一说，不知为什么她的声音变小了。

　　"……明天是吗？去初中同学家里？"

　　"是的，既然知道了这件事，我觉得怎么也应该给人家，哪怕上炷香……"

　　"……"

　　相良陷入了沉默。

　　一句话也没说。

　　"相良小姐？"

　　"……"

　　"那个？"

　　"……没事。"很长一段时间的沉默之后，相良回答道，"我知道了。这种情况您确实脱不开身，那我们另找机会再约吧。"

　　"好的，实在是非常抱歉。"

　　"没事没事，那我等您的精彩架构。"

挂了电话。

三个小时后,我简单吃过午饭,正在叠洗好的衣服时。

樱井的老家,又给我来了个电话。

"喂,您好,我是大槻,请问您有什么事吗?"

樱井的父亲突然有急事要办,所以明天一天不在家,想让我改日再去上香。

"呃?嗯,好的,我没关系的……"

当然,确实也没什么关系,只是少有机会吊唁他人,好不容易准备的这套刚洗好的黑衣服白洗了而已。

没办法。我又开始把准备穿的这套黑衣服,收拾到衣柜里。

可能是用了柔软剂吧,这时,我闻到了一股平时闻不到的气味。

"这是……"

存在于记忆角落里的某种味道。

在头脑深处,更深处的某种味道……

我轻轻抱住了头。

怎么说呢?

脑袋里出现了某种奇怪的画面。

无意间,望向自己的手。

上面有一套黑衣服。

这是肯定的。去吊唁,也不可能穿白的。

黑色的衣服……

复演
REACT BY HARUKA HOJO

对了,那个黑色衣服的……

……

那个,是哪个?

这个味道,是……

那个时候的。

"……薰衣草?"

3 缺失时间的少女①
REACT BY HARUKA HOJO

复演
REACT BY HARUKA HOJO

　　1991年秋天，坂口盈上初中一年级时，哥哥坂口清被任命到当地盈就读的中学担任老师，这让盈烦恼不已。

　　虽然没有条文规定说兄妹在一所学校就不行，而且也不是直接去教她们班，但兄妹同校总会有偏不偏袒等嫌疑，终归是些麻烦事。所以当清确定要来这所学校的时候，盈就跟父母提出转学的请求。

　　父母以前都是老师，很快明白了个中缘由，便答应了。

　　于是，在从静冈县兴津的家里可以到达的范围内，寻找能转进去的学校，但一直没找到。最后，只有静冈县乡下的冈部中学接收了盈。

　　虽然硬要从家里出发，也不是不能到，不过盈因为接下来的理由，想离开家。

　　所谓理由，就是盈离开家的同时，有另一个人确定要来坂口家。

　　不是说盈讨厌"那个人"。

　　相反，硬要说的话，盈对那个人还算有好感的。

　　但是，在生活中实际接触之后，对方真就是字面上的"无法沟通"的人，她觉得还是自己搬出去，离开这个家，大家才会更融洽，于是就这么决定了。

不过盈还是初中生，家里也不可能让她单独住，要是能在冈部町，找个能让盈借住的人家……

最后定在了雨宫家。这是偶然呢，还是命运呢……

盈最后在冈部町里算是比较富裕的雨宫家借住了。

坂口家和雨宫家没有亲戚关系。单纯只是雨宫家的人了解到盈的情况之后，觉得"多个女儿也没什么的"，就答应了这个事情。

然后，雨宫家里，还有一个和盈岁数差不多的孩子。

她就是雨宫友惠。

起初，盈对这个和自己同岁的少女并没有什么太好的印象。

友惠像是每个学校里都有的那种在班上孤零零的，性格阴暗，戴着加深阴沉形象的眼镜的那种姑娘。

虽然没进过她的房间，但是她家里人说过她有很多书，大概兴趣是读书吧。

盈对自己现在的状态看得很清。

她很明白自己的身份是雨宫家"收留"的人，再加上自己又和人家的小孩友惠同龄，所以不管自己对她印象是好是坏，是喜欢还是讨厌，都必须积极去跟人家交流。

虽然明白这个道理，但她终归只是个十三岁，上初一的孩子，所以她对友惠有"性格阴暗"这样的负面印象也是能理解的。

复演
REACT BY HARUKA HOJO

　　学校也照顾到这点，把盈和友惠安排在一个班，座位挨得也很近。

　　但是，友惠和盈她们两个，在盈刚转学过来的时候，并没有很亲近，更谈不上是朋友。两个人同住在一个家里，也都互相自我介绍过了，也聊过三言两语的，不过，那只是友惠单方面和盈说"洗澡水烧好了"啊，"饭做好了"啊，这些生活中最低限度的交流。所以，此时此刻她们两个真的算不上朋友。

　　关系发生改变，差不多是盈住到雨宫家里半年之后了。

　　盈原本不是慢性子，反而是那种想说的话，不管对方是谁，都会当场说出来的类型，只是来冈部町之后，才变得跟借来的猫一样老实。这是当过老师的父母对她的管教，这本来就是别人的家，既然寄宿在别人家，就必须老实一点才行。

　　其实刨去这些因素，盈来到冈部町之后，性格也确实变了一些。

　　原因就出在那个不能对外人言说的，她嫂子身上。

　　她在班上话不多，自然班里人对这个转校生就没有多在意。再直接一点说，如果按大类来分的话，盈和友惠是一个属性的女生，都交不到什么朋友。

　　于是乎，很奇妙的，友惠开始对盈产生兴趣了。

　　友惠找盈搭话的次数变多了，之前虽然同住在一个家里，但早上分开出发的两个人，后来早上也开始一起上学了。

　　如此这般，又过了一段时间，盈注意到了。

正因为是盈，所以才注意到了。

正因为她是因为某件事情不得不从家里搬出来的盈，才能注意到友惠的聪明劲。

没错，友惠其实头脑很好。

她并不是性格阴暗，而是早熟的表现。

她的想法，尤其跳跃。

盈和友惠经常交流之后发现，友惠讲话虽然有天马行空的成分，但又有理有据，逻辑上滴水不漏。

这不是这个年龄能做到的。

就算能把妄想和梦想总结成语言说出口，但能像这样把这些基于逻辑进行展开，这简直就是职业小说家的技术。

所以，盈想把"那件事"和友惠聊聊了。就是导致盈离开家的那件事。

说真的，起初盈单纯只是有点兴趣。

友惠能从"这件事"中引出一个什么样的结论呢？

友惠她会如何把这件事情展开，如何斟言酌句，如何妙笔生花，如何巧妙结尾。

这是某个秋夜，友惠的房间，两人并排躺在被窝里的对话。

聊的是盈的嫂子。

"你还有嫂子啊？"友惠问道，"我还真不知道。虽然我知道你有个哥哥……啊。"

复演

REACT
BY
HARUKA
HOJO

友惠捂住了嘴。

之前雨宫家里的人听说过,盈的哥哥和盈关系不好。因为当时没有听到实话,所以也能理解,友惠在盈面前说她哥哥的事情,其实还是有点犹豫的。

这点聪明劲友惠还是有的,她是个能照顾他人感受的好孩子。

盈也正是明白这点,才对友惠抱有好感的。

家里大灯已经关了,只有枕边的床头灯还在亮的世界里,盈回答道:"没关系的。"

"其实呢,事情不是这样的。我从家里搬出来的理由,说出来我自己也不信,科幻……不,应该算是超自然事件吧,反正就是发生了这类事情呢,友惠。"

"盈……"

两个人现在已经是直呼其名的关系了。

友惠和盈。

对于友惠来说,她交到的第一个朋友的名字就叫"yíng"。

年幼的两位少女想象不到,这件事,以后会变成某种命运发挥作用。

"嗯,哥哥结婚了,我有了嫂子。她的名字叫霞,是个很……漂亮的人,哥哥和父母都是这么说的。"

友惠一听,眨巴着眼睛,"你没见过她吗?"

"不，见过的。"盈摇摇头，"见算是见过的，但是我呢，那个，看不到霞嫂子的人，也听不到她的声音。不过，霞嫂子她能好像听到我的声音，也能看见我。"

"啊……什么情况？"

"那还是从头说比较好吧。"

于是，盈开始讲起……

讲起过去、未来，以及更可怕的现在。

盈的哥哥坂口清，在大学时一边朝着做老师的方向努力，一边在老家兴津的连锁书店打工。

盈后来才知道，其中有本地知名富豪一条家的引荐。也就是说，坂口家的父母因为有和一条夫妇这层朋友关系，所以坂口家的儿子坂口清，才能被推荐到书店打工。然后，大概是好读书的一条家当家势力很大，从此之后他哥哥就经常出入一条家，给一条家当家送新书。

来回送书这段时间，清上班的书店来了一个新的打工妹。这就是日后成为盈的嫂子，旧姓千秋的千秋霞。

从见霞的第一面起，哥哥就很中意人家。

因为哥哥在家里随口聊起过霞的事，所以盈对霞的名字有印象。

她知道有这回事，但觉得哥哥的恋情估计不会有结果。

身为妹妹的盈冷静地分析过。她倒也不是贬低她亲哥，说起来哥

复演
REACT BY HARUKA HOJO

哥长得也不差，性格也很认真，做事有始有终，而且同性的朋友也不少。但据盈所知，他哥哥从来没有和女性交往过。再加上，他现在只是个书店的打工仔，就算日后某天哥哥的梦想实现了，那也只是一名中学老师，单纯从女性的角度来讲，他哥哥虽然绝对不是渣男，但也不是万人迷那种类型。

然而，这个恋情突然就开花结果了。

而且还是女方向哥哥告白之后，两人才开始交往的。

老实说，盈觉得难以置信。

她甚至怀疑哥哥的女友，也就是这个叫霞的女人，是不是盘算着搞仙人跳什么的坏事。

哥哥是个认真的人，所以盈觉得可能是奔着结婚的交往吧，事实也确实如此。也就是说，这位叫霞的女人，真的是奔着将来和哥哥结婚才和哥哥交往的。

这样的话，如果交往顺利，这个叫霞的女人就会成为自己的嫂子，成为家里的一员。清是长子，所以结婚肯定要带媳妇进家里的。

那可就不能说是和自己毫无关系了。

盈必须得管霞叫"嫂子"，还必须得住在同一个屋檐下。

哥哥在结婚之前，应该也得带霞见父母吧。

但是，他估计不会去问自己这个妹妹，是否同意这桩婚事吧。

这一点让盈忍不了。

并不是说自己喜欢哥哥。再怎么说脑子里也不会有"哥哥被人抢

走了"之类的恶心想法。

只是，如果要成为"一家人"的话，还是想通过自己的方式了解一下这位女性是个什么样的人。如果调查完之后还是觉得性格上无论如何都合不来的话，那对不起了哥哥，得跟你老婆保持距离。

和友惠聊到这里，她来了一句：

"盈你说我早熟，我觉得你也不一般啊。"

没准儿吧。

总之，盈很害怕这种在自己不知情的时候，自己的身边发生了什么事情的情况。而且这件事情还在不知不觉间解决，或者朝着意料之外的方向发展、消亡。

没错，就是恐惧。

因为某个人的想法就发生的事情，也不管自己愿不愿意就把自己卷入其中，最后自己还要吃苦头。

之后面对那场大地震时也是如此，可以看出盈是那种能把"恐惧"转化为"憎恨"，通过直面憎恨得到生存动力的人。

一句话总结，她超勇的。

无论面对多么严重，多么困难的问题，她都愿意去直面它。

所以，盈在确认哥哥这天没有打工，又知道这天那位问题女"千秋霞"在书店上班后，就直奔书店。

她打算当面跟这位女性说："我就是你正在交往的，坂口清的妹妹坂口盈。如果哥哥和你结婚的话，你就会成为我的家人，我就必须

复演
REACT BY HARUKA HOJO

得管你叫嫂子,所以不好意思打搅你的工作,我要亲眼确认一下你的为人行不行。"

说是打算,其实她也真就这么做了。

说倒是说了,但又称不上是"说"。

因为盈,看不到千秋霞这个人。

盈来书店不是为了办事。也就是说,她并不是为了买书而来的。

来解决私事的话,这种情况最好还是别从正门进去。这点道理她懂,父母也是这么教的。

于是她在给书店打电话联系店长的时候撒了个谎:

"不好意思打搅您工作了,哥哥说有东西落在公司了。正好哥哥他有事来不了,我作为她妹妹能替他来取吗?"

不过,她没想过之后要怎么办。

如果运气好,赶上这位叫"霞"的女性正在休息,或许就可以在书店里见上面,说上话。可这纯粹是赌运气。

如果盈再成熟一点,可能就会采取更有把握的手段了吧。

如果盈性格再大胆一点的话,可能就会去查"霞"的住址,没准直接就上家里去找了吧。

但是,此时的盈,想的是通过观察"霞"在职场的工作态度,来判断她的人品。

从结果来看,这就是命运。

假如与"霞"见面的时候没有外人，盈可能就无计可施了吧。

你问为什么？因为盈既看不到霞的长相，也听不到霞的声音。

在毫不知情的情况下，盈冲进了书店。

然后对店长说："哥哥说他把东西交给一位叫千秋霞的人了。您能让我见一下千秋霞女士吗？"

店长也没有理由怀疑她。店长知道清有个妹妹，也知道她名字叫什么。而且既然知道清今天没排班，那眼前的人肯定就是清的妹妹了。

然后，店长把霞带了过来。

似乎是这样的。

"千秋小姐啊，她就是坂口的妹妹盈。坂口好像有什么东西托你保存，小姑娘说把东西给她就行。"

店长在"千秋霞"的旁边这样说道。

你在干什么呢？这是盈此刻最真实的想法。

店长确实打开了门，表现出一副把谁招揽进来的样子，在这之前，也确实听到了两个人从通道上走过来的脚步声。

可是，在店长说这位就是"千秋霞"……店长指的这个空间里，盈什么都没看到。

千秋霞好像在对店长说"没有，坂口没给我任何东西"这个事情。就这样吧，反正这本身也是盈撒的谎，本身也是演的戏，一无所知的霞这么回复也是很正常的。

复演
REACT BY HARUKA HOJO

　　只是，在此之前，更重要的问题是盈既看不见她的人，也听不到她的声音。

　　不了解情况的店长，没有必要骗自己。

　　店长完全没有必要指着空无一物的方向，演出一副那边好像有人的样子。

　　所以盈也十分坦诚地说道：

　　"您在干什么呢？快把千秋霞女士带过来啊。"

　　她这么一说，店长露出惊讶的表情：

　　"你说什么呢？都说了，这位就是千秋霞女士，然后她说坂口没给她任何东西。"

　　现在想想，盈觉得应该感谢店长。

　　要是那个时候没有店长，自己真就无计可施了。

　　回到现场，店长理所当然地开始怀疑盈。因为店长看得见霞。

　　"你看，她不就在这里吗？一个大活人怎么可能看不见呢？"

　　店长拉过盈的手，让她摸霞的手。

　　盈大吃一惊。

　　明明看起来空无一物，但有种人手的触感。

　　不仅如此，还能感受到活人的温度，霞也回握住了盈。

　　"……咦、咦、奇怪？嗯？"

　　盈觉得见了鬼。店长能看到，所以觉得这是正常的。

　　霞这时灵机一动，帮了盈一把。

她拿过纸和笔，现场自顾自地开始了笔谈。

同时，霞好像说"交给我吧"，店长也就此回归岗位了。

现在变成两人独处，话是这么说……但盈只能看见自己一个人。

霞先用笔写下这样的话：

"我是千秋霞。盈小姐，我能看见你的样子，也能听到你的声音，你穿着O中学的校服，身高有一米六吧。所以呢，你没有必要和我笔谈。冲我的方向直接说话就可以了。总之，先坐下来吧。"

盈没有回话。

然后，她看着一把椅子挪了过来，一副"请坐"的样子，盈也就很老实地坐在了上面。

现在已经有点跟不上事情的发展了。

但还是请继续看下去，看完之后，就能多少明白一点盈的解释。

接下来，就是笔谈和对话带来的奇妙交流。

"首先，你说谎了对吧。坂口没有给过我任何东西。"

"是的，我说谎了。可是，为什么我看不见你的人呢？"

"冷静一下。首先你告诉我，为什么你要说这样的谎？"

"因为哥哥是真心打算和你结婚的。所以，我想知道你的人品，就这么做了。针对这件事，我道歉。对不起。"

盈老老实实道了歉。因为她确实耽误了人家的工作时间。

可能就是因为这个态度吧，霞对盈有了好感。

"你是个好孩子。所以这件事，你没必要道歉的。你关注我和你

复演
REACT BY HARUKA HOJO

哥哥交往这件事,是因为我的一些特殊原因造成的。而且现在,你看不见我,恐怕也和这个原因有关。"

"……"

"这件事解释起来就长了,这周日,来我家一趟吧。我把事情的来龙去脉给你解释一下。"

"……然后呢?之后怎么样了?"

秋夜,已经过了晚上11点,友惠被盈的话吸引住,睡意全无。而另一头的盈,却困意十足。

"当然,我周日去嫂子家里,听……不对,是看她把情况的来龙去脉都写给我。"

呜啊啊。盈打了个哈欠。

也能理解。对于才上初一的两个人来说,晚上11点早就超过了平时就寝时间。

但是,友惠很在意后续发展,催起盈来:"情况,是什么情况?为什么盈看不见那个人呢?"

"呃,是因为……因为什么来着?镜子还是什么……"盈又打了个哈欠,"……那个,友惠啊。明天接着说好不好?我快困死了。"

"不行,必须现在说。"

"……晚安。"

"盈!"

友惠从被窝里伸出手摇晃盈也没叫回来她。她就这样睡着了。

第二天晚上,友惠做好了万全的准备。往水壶里倒满了浓咖啡,也没盖被子,硬等着盈回来。

"来吧,盈,接着昨天的讲。"

"你不用准备得这么周全……反正一宿也讲不完的。"

"快讲。"

"好好好。"

盈开始讲起之后的事。

周日,盈去了霞给她的住址拜访,那是一间在兴津,位置很靠海的公寓。

按下门铃等了一会儿,一个年轻男人一边说着"欢迎"一边给她开了门。这让盈吓了一跳。

她瞬间想到"我就知道是仙人跳",但其实并不是这样。那个男人马上就向她解释:

"这事我听霞说了。我是霞的弟弟,叫我邦彦就行。父母都不在了,所以现在住在这里的就我们两个。霞跟我说你今天要来,而且你好像看不见霞,所以才让我出来开门接你的。"

盈会有一瞬间的胆怯也是能理解的。她又不知道这个男人的话是不是真的,而且就算是真的,因为盈看不见霞,也就意味着,实际上她现在是在和一个成年男人独处。

复演
REACT BY HARUKA HOJO

　　不过,她仔细观察了一下这位叫邦彦的男人。虽说男女有别,但是长相和气质确实和哥哥拍的照片里的霞很像。盈正打算相信他的时候,邦彦却开始穿鞋了。

　　"霞,之后就交给你了。"邦彦说罢又转身对着盈说,"好像她不太想让我听到聊天的内容,我去外面打发打发时间。茶已经泡好了,去客厅沙发那边喝就行。"

　　说罢,邦彦一脸轻松地走出了屋子。

　　盈小心翼翼地走到屋里,脱下鞋子摆好,走向他说的客厅,能坐下四人沙发的边上已经备好了茶,而放在沙发对面的椅子前的茶,则在空中上下移动。

　　她马上明白,霞这是在告诉她自己就在这里。

　　"打搅了。"说着,盈坐到了沙发上。桌子上有个笔记本,上面这样写道:

　　"因为你看不见我,所以对于你来说,来到这个房间就相当于和邦彦两人独处。我觉得这样会很尴尬,所以不好意思只能让邦彦出去了。"

　　盈很佩服。

　　父母跟她说过,这种事不是那种很会照顾人的人,是做不出来的。

　　这一点让盈对霞的好感度稍微涨了一点。可接下来霞的话,又再次超出了盈的想象。

首先，霞可以通过千秋家代代相传的镜子，看到"过去"。

"我猜这么说可能你也不相信，所以事先看了一下你的过去。盈小姐，你三天前，在自己屋里看了《××》这本书对吧。读到第二百二十七页，你夹上书签，把书放到从上数第二个书架，从右数第四格的地方是吧。"

盈大吃一惊，而霞此时又说了一条：

"一个星期前，你在学校的数学考试中，就第八题怎么也做不出来。多亏是涂答题卡的题目，你靠转铅笔蒙了一个答案。还有同一天的社会课考试，第六题也是做不出来，于是你在交卷的时候，就这道题一笔没写对吧。"

这么一来，盈也就不得不相信霞的能力了。因为她说的都是真的。就算家里的事她能通过哥哥打听出来，学校的事，考试中发生的事，霞不可能知道的。

这位叫千秋霞的女人，真的能看到"过去"啊。

可是，这与她和哥哥的交往，有什么关系吗？

"像这样通过镜子，我能看到'过去'。再进一步讲，'未来'的我，也能看到'过去'的我……也就是现在的我，也能对现在的我传递消息。简单来说，我可以根据我给我的情报，让本来应该发生的事情不发生，反过来也能让没发生的事情发生。"

"……"

盈绝不是个笨孩子。

笨肯定是不笨,但是霞的解释,还是超过了她的理解能力。

"在另一个时间轴上,有一个我和邦彦生下小孩的'未来'。我从其他时间轴上的我那里听到了这件事之后,觉得不好,就听从了另一个我的忠告,和坂口先生交往了。"

"什……"

虽然盈刚上初一,但也明白"近亲乱伦"是绝不可以的。

"所以,你就和我哥哥交往了?"

"是的。"

"可是……这和我看不见你,有什么关系吗?"

笔,停了一会儿。

一小段空白的时间后,笔又动了起来,写下了这些话:

"对不起,我并不知道答案。只是,以我的知识和能力,分析了一下为什么你看不见我,只能得出这个结论。"

"什么结论?"

"从另一个时间轴上的'我'那里听说过,'我'本来是必须和邦彦生下一个叫'保彦'的孩子的。但是,你也知道,我现在正在和坂口先生交往……从时间上考虑,即使现在我和邦彦开始生小孩,也不可能在另一个'我'说的时间之前,把'保彦'生下来。所以,我觉得这就是你看不见我的原因。"

"……嗯?"

一头雾水。

因为这之间的因果关系,盈完全联系不上。

听到这里,友惠突然说了一句:

"盈,这是不是意味着……"

"什么?"

"长大了的保彦和盈,在未来有什么联系呢?"

盈吃了一惊。

盈只是把从霞那里听来的(霞写下来的)事情转述给了友惠,不管是霞也好盈也罢,都没有完全理解盈看不见霞这件事情是怎么回事。

然而,友惠一个外人听完之后,大致有了答案。

"不,这种可能性太勉强了。"友惠说道,"年龄差太多了……"

"友惠。"盈战战兢兢地说,"你怎么知道的?"

"啊,知道什么?"

"……霞小姐的话,还有后续。"

"这么想可能让人很不爽,但也许生下'保彦'的未来才是正确的,而现在的未来是错误的。根据生了'保彦'的我所说,1992年夏天,具体位置不太清楚但应该是在静冈县的某个地方,同时存在很多'保彦'。而且还是长大版的。她说大概是……初二的样子。当然,这话不符合逻辑。如果保彦是在1992年出生的话,想要长到十四岁左

复演
REACT BY HARUKA HOJO

右,怎么也应该是2006年才对。时间,完全对不上。"

霞的解释,还有后续。

正因为她即将成为坂口霞,所以才能写出这段解释。

"……还有,这件事我不知道是否和现在的情况有关。前两天,我没去平常工作的书店上班,而是到静冈市内另一家书店临时帮忙时,一个少年让我帮他找一本书。那时,我用镜子搜寻了少年正在找的书在哪儿,但是,镜子没有给出回应。我想,这本书应该不存在……那个少年的名字就叫'保彦'。"

这就是盈从霞那里听到一切。

听完了这段"解释"的友惠,开始喃喃自语起来。

"存在很多……找书……但是,这本书并不存在……"

"友惠?"

"时间穿越……但是,没有书……纸质书在未来应该已经不存在了才对……怎么找也找不到。"

"友惠我叫你呢。"

"啊,抱歉。"友惠总算是抬起头,"这个事情好有趣。"

说着,友惠钻进被窝里睡着了。

好奇怪啊。盈这么想着,可故事已经讲完了,她也就跟着睡了。

从第二天开始,友惠就一直把自己关在房间里。

/118/

虽然有去上学，但课上她也一直盯着头上的天空，不管走到哪里，不管时间几何，她好像一直都在思考着什么。老师课上叫她回答问题，她也只是站起来，说一句"我不会"而已。

很明显她在想其他事情。

而且沉迷于其他事情。

回到家之后，她也在自己的房间里，一直在思考着什么。

上学路上，思考着。

上课时，午餐时也在思考着。

放学路上，当然也在思考着。

"友惠，你怎么了？不好好听课，会很不妙哦。"

"嗯……"

当然这个时候，友惠也在思考着。对于盈的提问也没有认真回答。

然后大概一个礼拜之后，友惠突然对盈说了一句话。

"我明白了。"

"呃，明白什么了？"

"我明白为什么'保彦同学'会大量出现了。"

"……"

盈在想，冷不丁地这是整哪出？

同学里可没有叫"保彦"的。

想了想，她才想起来，这是自己之前说过的那件事。

复演
REACT BY HARUKA HOJO

"霞小姐的事？友惠，难道你这段时间一直在想那段话的意义吗？"

"倒也不算是意义吧……只是说，要是这么解释的话，也不是完全说不通。"

"什么意思？讲给我听。"

"……这不是一句话能解释清楚的。为了让盈也能理解，我就借我们学校来说明一下吧。"

"借我们学校？……你要说什么，怎么说？"

"暂时保密。"

从第二天起，友惠又把自己关在屋里了。

过了半年左右，友惠和盈都已经升到初二了，这个春天，友惠从学校里带回来大量的手稿。

"这是什么？"

盈一边帮忙做家务，一边问友惠。

"我加入了文学社，用社里的电脑写完之后打印出来的。我本来想在学校做的，但是老师训我不许在教室里干私事，所以就决定在家里做了。"

"做什么？"

"做书。啊，正好，盈你也过来帮忙。"

说这话的时候，确实没什么家务要做了，于是盈也去帮忙。

两人沉默着，把手稿按照页数排好。

"那个，友惠啊。"

"怎么了？"

"友惠将来想做什么呢？"

"我还没想好呢。"

"我呢……"

"梦想这东西还是别说出口比较好哦，会实现不了的。"

"……友惠总是这么刁钻啊。"

"人明明是活在当下的，却不盯着现实看，这算怎么回事呢？"

"也是啊。"

实际上，盈从家里搬出来，也是因为她知道现实中的自己，没办法和这位"霞嫂子"一起生活。

人不可能和一个单方面听不到对方声音，看不到对方人影的人一起生活嘛。

再加上这件事也没法跟哥哥或者父母商量，所以盈才决定搬出去。

"……其实呢，我在东京有亲戚。"

"嗯？"

"反正是亲戚，去投靠那边其实也可以的。但是那边正好跟爸爸关系不好。打电话问了一下，人家回复说，要是我真成了孤儿，实在看不下去了，也能接收一下，否则绝对不接。"

"能说出这种话的人家，也没必要去。"

"但是，我也不能一直在这里住下去啊。"

复演

REACT BY HARUKA HOJO

盈现在还不知道。

盈是因为不想和"霞嫂子"一起住,所以才从家里搬出来的。但现实情况是"霞嫂子"嫁进来之后只是暂时住在坂口家了一段时间,后来他们夫妻俩又租了一间公寓,搬出去住了。

虽然这么做其实也是因为霞事先了解过未来的小姑子——盈的情况,并为了照顾盈的感受才做出这样的选择。但从结果来看,这却是现实连接到"命运"的重要原因。

所以,其实这个时候盈选择回家是没有问题的。但盈还是下意识地,对回家这件事有点犹豫。

正因为她的犹豫,所以此时此刻,盈根本想象不到,接下来,她将会和某种"命运"正面相遇。

话题聊到这里,便结束了。

但是,两人依旧忙着做书,到了晚上终于做完。

"完成了。"

"所以,这是什么?"

"我不是说过吗?听了霞小姐的话之后,我说'要是这么解释的话,也不是完全说不通',所以我就用我们的学校和同学,试着把这件事情重现了一下。"

说着,友惠把自己做的书递给了盈。

标题是"复写"。

盈读过之后只有一个感想:

"再怎么说这也太离谱了。"

不久，春去夏来。

1992年7月1日。

这一天，盈接到了一个她怎么也想不到的通知。

"这个班上有叫坂口盈的学生吗？"

班上的同学都很惊讶。

来叫人的不是班主任细田老师，而是学校的工作人员。

"有，我就是。"

说着，盈走到了教室的出入口，有位女工作人员催她去办公室一趟。到办公室之后，工作人员给了她一张纸。

"学校收到了一份收件人是你的传真。"

盈读了一下，大吃一惊。

这是嫂子给她发过来的，上面写的内容，也只有她能理解。

"盈，其他时间轴上的我，跟我说了些很让人震惊的事情，这个消息我只悄悄地告诉你。盈，你听好。1992年7月1日到21日，冈部中学二年级四班，这段时间你绝对不要待在那里。否则，你也会被卷入那个命运的。装病也好还是怎样也好，绝对要从这个班上逃出来。"

嫂子能看见过去，这盈是知道的。

知道是知道，但就算知道，这上面的内容还是让人摸不着头脑。

复演
REACT BY HARUKA HOJO

盈这个时候，已经读过了好友友惠写的《复写》。

可即便如此，她还是没有注意到。

也不可能注意到。

然后就在这时，学校的电话声响起，就像是命运一样。

这是雨宫家，友惠的妈妈打来的。

电话里说，她的嫂子霞，生了一个女孩。

头脑一片混乱的盈暂时回到班里，把自己收到的来自嫂子的传真和友惠家打来的电话这些都讲给了友惠。可是，友惠好像也没能理解其中的意思。

"友惠，你觉得这是什么意思？什么叫从7月1日，到21日？"

"呃，难道……"

友惠正要说些什么，又闭上了嘴。

"友惠，怎么了？"

此时此刻，两个人正在教室外面聊天，但友惠看到一幅景象之后，整个人定住了。

友惠看到的，是走廊另一头的班主任老师。

班主任老师正要往教室走，准备开早上的班会。这本身并没有什么问题，是非常非常正常的事。

但是，友惠看到了老师身后的那个人，这让她定住了。

然后，友惠瞬间做出了判断。

"盈，快走。"

"呃，去哪里？"

"赶快去霞小姐那边，把事情问清楚……快！"

就这样，盈在这一天，逃出了某种命运。

其实在这个时候，盈和班主任细田老师擦肩而过，但老师什么都没说。

明明自己班上的学生在开晨会时往教室的反方向跑，但老师什么都没问。

要问为什么的话，因为细田老师身后，跟着一个转校生。

这位转校生当然不知道，现在往反方向跑的学生，和自己是一个班的。

细田老师也因为被这位转校生下了某种暗示，没有关注到她。

盈跑到校门口的时候。

班上已经开始介绍起这位转校生。

"我叫园田保彦，请多关照。"

友惠的眼神，变得像是在看一种难以置信的东西一样。

然后，这个夏天……在那个成为"坂口霞"未来的世界里，盈知道兴津地区发生了地震，坂口清以及她的父母都死在了这场地震里。

4
赌上时间的少女①
REACT BY HARUKA HOJO

复演

REACT BY HARUKA HOJO

1992年7月3日。

此时,保彦刚好说完了他的解释。

"……也就是说,我真的是从未来,从2311年穿越过来的。为了找一本书。"

听了这段表演的我,叹了一口气。

难道说,盈……

你所说的一切,都是真的?

保彦选"对象",不可能选我这种不起眼的人。

要是这样的话,就和我预想的一样了。

"友惠,所以我想让你帮我找书。当然了,绝不会白让你帮忙。"

真的是,和我预想的一样……

"我可以给你未来的商品。你想要什么?戒指啊项链啊,什么都可以。"

友惠也不清楚,应该如何是好。

按照《复写》的剧情来是可以的。

但是,盈讲的"霞的故事"是真的,要是真的……

友惠觉得,这种会扰乱时间因果论的事情,还是别做的好。

正因为有这个想法,所以才写了《复写》。

友惠性格就是如此。

先做最坏的打算,然后采取行动,让事情不要朝自己预想的最坏方向发展。

正在犹豫的时候,眼前这个笨笨的未来人好像误会了什么,他拉起友惠的手:"友惠?我说的话,你都听到了吗?"

该怎么表现此时友惠的心理活动呢……

友惠现在假设霞说的是真的。

基于这一点,为了不产生矛盾,友惠特意将产生矛盾的故事写了下来。

盈读完之后其实也提出过:

"为什么,友惠你自己不做主角呢?"

她把故事这么写,单纯只是因为她不想在读"自己"成了主角的故事的时候,脸羞得像要喷火一样。这是真的。

假设酒井茂和保彦所做的,和自己预想的缘由及方法一致的话,其中的漏洞太大了。其实这才是更纯粹的理由。

因为两个人并没有按照"最坏"的情况去预想。

作品里,他们两个就没想过,会有像友惠一样思考,像友惠一样行动,像友惠一样操作的人。

因为他们的想法太天真了,所以在作品里,她让酒井吃了些苦头,算是"报应"。

复演

REACT BY HARUKA HOJO

现在，也是这样。

没经同意就拉起她的手，保彦的行为让她很不爽。

因为在他们的概念里，对方会无条件地……对自己产生兴趣，所以保彦才会如此行动。

这一点，只能让友惠觉得"自己被小瞧了"。

（这一点，不太对啊。）

友惠这样想着。

（作品里，我也喜欢上了这个转校生……但是，现实中，连喜欢的喜字都没有啊。）

友惠已经没了兴致，所以她想把这件事直接结束。

"我说啊，园田同学。"

"嗯，你想要什么？"

"呃，我说的不是这个……"

友惠，先把自己写的《复写》掏了出来。

保彦，自然一头雾水。

因为他的剧本里没有这一段。

"你把这个读了。反正时间有的是对吧？因为你既可以从现在穿越到昨天，也可以穿越到明天嘛。"

"不是，那个，友惠，我啊……"

"总之你先把这个读了，然后再说。"

于是，保彦开始读起了《复写》。

然后，读着读着，他脸色开始发青。

"……友惠。"

"怎么了？"

"我能去趟其他时间，读一下这本书吗？"

"您请便。"

于是保彦确认了一下时间，然后吃了那个紫色的药。

一阵薰衣草的香味飘过，保彦的身影消失了。

然后，正如友惠想象的那样，仅过了一瞬间，保彦又再次出现，应该是读完之后的他吧。

"不不不。"

保彦摇着头。

"不不不不不不不不。"

"……"

"友惠……为什么你能……"

"这件事你不要问。大概，应该是和你无关的地方产生的因果论吧。"

"怎么会……"

保彦的手在颤抖。

"怎么会，不可能。"

"那，这都是真的了？"友惠问道，"《复写》里说的，是真的？现在别的时间的你，真的在其他地方，向我们二年级四班的学生

复演
REACT BY HARUKA HOJO

说这件事吗？"

"……"

沉默，在此时此刻，无限等于肯定。

看到保彦这个样子，友惠重重叹了口气。

"为什么，你要选择这么绕弯子，这么麻烦，成功率还这么低的方式啊……"

像个笨蛋一样。

友惠本想加上这一句，但还是没说出口。

对于友惠而言，因为一件事就看不起别人，然后把此时此刻的内心想法说出口，是最差劲的。

正因如此……她才把《复写》的结尾，写成那样。

她提醒他们两个，因为某人的一个恶意，酒井和保彦这两人的所作所为，全都会化为泡影。

虽然友惠其实也没想到从未来穿越而来的转校生会真的出现吧。

然后，更令她震惊的是，没想到他们真的按照自己预想的方法，去实施了。

"虽然把这个写出来的我也不应该说你什么吧，园田同学。"

她正要指出这样做的缺点时，反倒是保彦态度一变，用很重的语气反击了起来：

"不，我没有做错。"保彦像是在否定着什么，摇了摇头，"既然无法确定谁是'作者',在同学之间没有共同记忆的情况下,我要找的那本书……因为我连这本书的标题都不知道,就暂时管它叫《穿越时空的少女》了。假如是这样的话,我就和找到《穿越时空的少女》这本书的未来连接不上了。"

"你要是真的从假如开始的话,不是应该先从更未来的假如开始想起吗?"

友惠把这些对于她来说理所当然的事情,说给保彦。

"首先,你不能保证'班上的所有人都能活到《穿越时空的少女》出版'……这是很正常的吧?我的作品里让樱井同学、长谷川同学、室井同学都'死掉了'。我用这三个人并没有其他意思,只是想说并不能保证人会不会因为事故、生病、杀人或者是天灾'死掉'。"

"……当然,道理是这个道理。"

保彦虽然不爽,但也认可这一点。

"可是,这并不能成为我'不留下记忆'的理由。"

"第二,你不能保证每个人都'去十年后的未来'。"

"这一点,就要通过我巧妙地诱导……"

"保证不了的。"

友惠很干脆地断言道。

"第三,你也不能保证他们都'能把通信设备带回来'。"

"……可你也不能说因为没有人带回来,我就得不到帮助。"

"那样的话,也就和你说的《穿越时空的少女》的记忆联系不上了。这意味着,这份记忆没有进到作者的脑子里。"

听到这里,保彦显得有些窝火,没有说话。

即使看到他这个样子,友惠也依旧毫无感情的,继续平淡地指出他的缺点:

"第四……我就猜到,这会成为最大的问题,所以我也在作品里借酒井之口和你说了。你不能保证'他们拿了药,就一定会吃,并且在没人看到的地方吃'这件事。"

"……为了强化这个'帮助我的理由',我……"

"和人家交往吗?和这些同学吗?我也包括在内?不好意思啊,就算是这个年代的人,也做不到那么单纯的。我可以下定论,一定会有人选择'不吃'这个药的。"

"不试一下怎么知道?"

"是啊。"

友惠点点头。这只是单纯的可能性问题,没准全班同学真的都是特别老实的人,都去帮他了也不好说。

不不不,没可能的。

因为友惠她自己已经知道了一切,所以事情就绝不可能按照保彦想的去发展。

"那,干脆这样吧。"

友惠提出个建议。

"你把你2311年的家庭住址告诉我怎么样?要是有生之年,我得知《穿越时空的少女》出版了话，就用药的力量把书放到那个住址。这样就可以了吧？"

"书又没法保证能在你们活着的时候出版。"

"要是我们有生之年都没出版的话，也就说明你现在做的这些事完全是没意义的，是这个道理吧。"

保彦说不出话来。

应该是发现友惠的解释很有说服力吧。

过了一会儿，他塞过去了一张纸。可能在未来世界就像是名片一样的东西吧，虽然这是友惠的想象。

但是。

"……我看不懂啊。"

"那是当然的，因为这是我所在的未来……也就是2311年的时候使用的文字。再补充一句，不能翻译成现在的语言。"

说完，保彦再一次振作了起来："明白了吧？所以，让全班人共享'同一个记忆'是最快的。"

怎么办呢……友惠思考着。

她甚至都开始考虑，要不干脆"现在"直接让全班同学去读《复写》尽早结束这场闹剧，这可能才是杜绝未来隐患的最好办法。

不，也不用搞得那么麻烦。其实只要简单地在"此时此地"大声尖叫，或者砸碎一块窗户玻璃，引起骚动……班上其他同学可能就会注意到。这样一来，就算保彦再怎么有本事，到时候可能也得跟其他

复演
REACT
BY
HARUKA
HOJO

同学坦白。

　　友惠正在思考着的时候，保彦用非常认真的语气，否定了她的想法。

　　"……我先提醒你一下，'现在'这个时间点，你可别想搞出点事情让其他同学知道哦？因为真正在'这个时间点'，旧校舍里有好多个我。就像《复写》里面写的那样，今天，可能就会变成旧校舍崩塌的那天。"

　　"这是为了避免过去的你和现在的你相遇吗？"

　　"没错。"

　　"我在作品里，把这一点解释成旧校舍有隔音效果了……"

　　"实际上，在整个教室的范围里，我张开了防护盾……呃，不太对。用这个时代的语言来解释的话，应该是张开了'结界'一样的东西。所以，除非我解除它，否则人走不出去，声音也传不出来……"

　　保彦突然哑口无言。

　　他睁大眼睛，定在原地，一动不动。

　　友惠察觉到了这点，问道："你怎么了？"

　　"……不可能。"

　　"什么不可能？"

　　"这种事情，不可能发生的啊……"

　　"《复写》吗？我不是说了那个是从跟你没关系的地方听说的……"

　　可是，实际并不是她想的那样。

保彦并没有看向友惠。

友惠也并没有注意到这一点。

这件事，恐怕只靠这个时代已经没法处理了。

保彦看到了友惠身后的"我"。

"找到了……"

居然在这里啊。

在2311年失踪，把我推向这种命运的男人，居然在这种地方……1992年夏天。地点是静冈县冈部町中学的旧校舍。

只要看见他，之后就不用管此时身上的其他什么任务了。

因为时间警察的使命就是抓住这个男人，让他供出制造穿越时空之力的方法。

也许他觉得在一个破教室一样的地方，用这么旧的防护盾技术就能防住了。可如果对方有来自公元3000年的技术的话，这种东西就没有解不开的道理。

简单地拆掉防护盾，下到教室里。

这个地方，除了他之外，好像还有一位女学生在。

很巧，她穿的衣服和我现在身上这套变装用的制服在设计上非常相似。

算了，这种女学生怎么样都好。

复演
REACT BY HARUKA HOJO

最优先的是要抓住那个科学家。

我喝下药,开始追逐这位穿越了时空的男人。

友惠跟不上事态的发展了。

她回头一看,的确,现实情况和保彦的说明产生了矛盾……也就是这个不应该有第三者存在的地方,站着一个用看杀父仇人的眼神盯着这边的人。

是个女学生。

但是,她穿的制服很奇怪。

怎么说呢……可能是一个完全不懂制服为何物的设计师,听人用嘴解释了一遍"制服"的意思之后,做出的一个稍微有点奇怪的设计吧。她穿的制服就给人这种感觉。

"……怎么可能!"

保彦用颤抖的声音说着,然后取出薰衣草色的药。

周围瞬间飘起薰衣草的香味。

"休想逃走!"

更让她震惊的是,突然出现在这里的那位少女,也掏出薰衣草色的药,放进嘴里。

然后,两人都消失了。

"……嗯?嗯?……嗯?"

孤零零被扔在原地的友惠愣住了,然后,刚才的那位少女又出现

在了眼前。

"——等一下！"

友惠吓了一跳，一屁股坐在了地上。

"呃，嗯，什么？"

友惠抬起头，发现那位制服少女正低着头盯着自己。

再仔细观察了一下，发现对方长得还挺可爱的。

但是，现在对方正在一脸不爽地反复打量自己。

"……让他跑掉了。"

少女好像说了句什么，然后向友惠伸出手。

"谢，谢……"

友惠以为这只手是为了扶她起来的。

但事实并非如此。

少女抓住友惠的手，往后一扣，然后用手铐似的东西，直接把友惠铐在了旁边破桌子的桌腿上。

因为她写了。

因为她缺了。

所以，友惠才决定赌一把。

让他逃走了也没办法。

总之，我觉得应该先回到刚才的时间和空间，从和"那家伙"说话的人口中获得情报为好，于是迅速穿越回了刚才的时间点。

复演
REACT BY HARUKA HOJO

　　这位带着古老视力辅助工具的少女，被我的出现吓了一跳，当场摔倒在地。

　　我觉得这是个机会，于是假装伸出手拉她，拉过她的手后顺势就把她控制住了。

　　"……什么！你到底是谁？"

　　被铐住的少女开始叫嚷。

　　于是我掏出枪，把枪口抵在她的脖子上，让她了解现在的情况。

　　"闭嘴，不然毙了你。"

　　"……这是什么？枪？手枪？这东西我都没见过啊！"

　　"当然，这是我那个时代的……"

　　说到一半，我，也就是yíng突然意识到一件事。

　　这个时代的人不会认为这是枪。因为它和这个时代的武器在设计上完全不同。

　　那为什么……

　　为什么那位一身黑的女性，知道这是武器呢？

　　我的脑子里瞬间闪过了这个疑问，但被铐住的少女的悲鸣和抱怨，又把这个疑问赶走了。

　　"喂，你到底是谁啊！那身制服，不是我们学校的吧！擅自闯入我们学校里面……啊，说起来这个旧校舍本身也不让学生进来着。"

　　"闭嘴！"

　　听着炸耳朵，所以我对那位少女说：

"你把刚才和你说话的'那家伙'在这个时代的名字告诉我,还有你和'那家伙'的关系,以及聊了什么,都给我招了。"

"他叫园田保彦,是前天来的转校生!聊的是劝他不要再搞那出闹剧了!"

"……"

转校生……也就是说这里是教书的地方?

"为什么?那家伙有必要接受这个时代的教育吗?"

"那是因为他是来这个时代寻求'boy meets girl'的笨蛋!"

"啊?"

这个女人为什么突然说上英语了?

算了,我觉得倒也不重要。

总之,我找到了"那家伙"在这个时代使用的名字和线索。

对于时间警察来说抓住"那家伙"是最重要的指令,只要发现一点线索,都必须回到未来把相关消息汇报上去。

于是,我确认了一下时间。

"'现在'是1992年7月3日,早上8点12分……"

我瞥了一眼那位少女。

"喂,等我三秒。别给我跑了。"

吃下药,我飞到了未来。

又消失了。

复演

REACT BY HARUKA HOJO

那个奇怪的少女,一瞬间突然消失了。

"什,什么啊!?这都是。"

而且,那个少女又在一瞬间回来了。

带着一副难以置信的表情。

"你到底是谁?"

"回……"

"……"

"骗人的吧……"

"怎,怎么了?……为什么一副要哭的样子?"

"回不去了。"

"什么?"

"回不到公元3000年了……"

"……嗯?"

少女仿佛失去了力气,瘫倒在地。黑色的裙子轻飘飘地飞舞着,在教室的地板上形成一个圆形。

"那个……"

"回不去了……"

被扣在桌子边,铐着手铐的友惠也愣住了。

yíng发现无法回到自己的时代后,哭了出来。

这就是两人的相遇。

5 跨越时间的少女 ②
REACT BY HARUKA HOJO

复演

REACT BY HARUKA HOJO

　　由于种种巧合，导致我最终在1992年夏天停留了一段时间。

　　不，这真的是巧合吗？

　　事后回想起来，我只能认为这一切都是时间女神的安排。

　　虽然在公元3000年，说自己信"神"这个概念，就等同于在说自己相信"谎言"，会被他人耻笑，但我觉得这群人想笑就随他们笑吧。我和他们不一样，因为我觉得，既然人类用了三千年时间都没能证明神是不存在的，那神就应该存在。

　　目前，我也许应该感谢这位刚被放开的女孩。毕竟我刚铐住了她，还用枪指着她，她也没有向我露出敌意。

　　"我叫雨宫友惠，你呢？"

　　"……yíng。"

　　我一边哭着，一边挤出这个字。

　　为什么？

　　怎么可能？

　　明明现在必须回去的，但回不去了。

　　"是吗，叫yíng啊。你也叫yíng啊……"

　　"没什么，你别在意。我说yíng啊，你说你是从公元3000年来

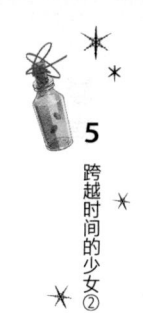

的,也就是说,你是从比保彦同学更远的未来穿越过来的吗?"

"……如果'保彦'指的是刚才在现场的'那家伙'的话,那确实如此。"

"要是这样的话,你能不能给全班同学下暗示,让他们别对我不在班里这件事产生怀疑?"

"看人数吧……"

"大概四十个人。"

"……这个数量的话,瞬间就可以。"

"我知道了。"

友惠重重地点了下头,然后把手扶在我的肩膀上,认真注视着我说:"……事情看来比我预想的还要棘手,我作为'作者'要去负责。"

"什么事情?"

"你先听我说,现在我家住着一个和你特别像的女生……这么说可能有点过分了。总之,只要你能把脸挡住,我就能在不让人起疑的状态下把你带回家。呃,我知道,你只要对我家里人下一个和班上同学一样的暗示就好了,但给家里人使这招我心里过不去。所以,你不要理解为我在白给你当志愿者,这不是完全出于好心,只是我私心想要实现自己的目的才这么做的,所以你不用感谢我。作为交换,我会给你安排好住宿和餐食,也能让你洗澡,然后你能不能把事情和我说说?这就是个交易,明白?"

"……我知道了。"

"那你往二年级四班……汉字能看懂吗？没错，你去给四班的同学下暗示。我去一趟医务室，把口罩和绷带拿过来，帮你稍微挡一下脸。我会告诉我家里人，说你是因为受伤才提前回家的。然后，你在我家人面前就叫……"

说到这里，友惠停了下来。

"……怎么了？"

"呃，名字，是啊，好像没必要造假啊。因为是一样的嘛。"

"什么？"

"别放在心上。"

说罢，友惠离开了教室。

我用设备探查了一下周围的情况，在友惠所说的"二年级四班"里找到了"雨宫友惠"的座位，并设置了屏蔽功能，以免外人觉得座位上没人。

与此同时，友惠回来了，开始用一块奇怪的白布挡住我的嘴，并用绷带包住我的头。

"……绷带就算了，这是什么？"

我指着捂在嘴上的白布问友惠。她出乎意料地笑了起来：

"真是的，公元3000年，也就是距今一千年的未来，口罩消失了，绷带却还在啊。"

"因为绷带不得不使用吧。"

"也是。"

她麻利地包好之后，牵住我的手把我拉起来，说道："你是从未来来的，可能你有瞬间移动的设备或是技术，但我不想被人看到，所以我们走着回家吧。"

"我可以提前探查一下情况，不让其他人看到哦。"

"你太小瞧日本的乡下了。什么人，在什么地方，用什么姿势看到，谁都猜不到的。你以盈……不，应该是你以yíng的身份走着来，才是最安全的。"

然后，她又补充了一句：

"而且说实话，我不想再做扰乱因果关系的事了。如果只是穿越时空，可以通过追溯其中的原因和理由来推测它是如何发生的，但我还是不想用这些奇怪的技术，避免让事情变得更加复杂。"

事实上，除了这个理由，还有一个更现实的"理由"，也许是为了避免进一步的混淆，她此刻并没有挑明。

"……我知道了。"

老实说，我很少步行移动，但相比之下，我的顾虑远不如对方对我的顾虑，所以我别无选择。

意外情况，发生得太多了。

2002年，一个不知为何知道了我的名字、职业和未来的女人。

1992年，实施抓捕"那家伙"的指令失败。

然后，3000年，无法回到我的时代的原因。

复演
REACT BY HARUKA HOJO

我都一头雾水。

虽然现在的情况我也没太搞懂,但唯一知道……这里是有很多年轻人的教育机构,继续待在这里,作为警察可能不太合适。

"这边哦。"

友惠就这样把我带出了那栋破旧的建筑。

"啊,盈?你已经回来了?"

现在盈所借宿的雨宫家,也收到了盈的父母和哥哥在地震中去世的消息,而且也知道盈已经去过兴津了,所以妈妈以为我带回来的这个女孩yíng……就是盈。

妈妈看到她脸上缠着绷带戴着口罩,惊讶地问:

"这是怎么了?"

"妈妈。"我飞快地走到yíng前面,把一路上想好的说辞讲给她听,"她哭得太厉害把喉咙哭疼了,所以戴着口罩,现在连声音都发不出来。这个绷带,您想啊,现在兴津还留有地震留下的砖片瓦砾,对吧?她好像被砸了一下,受了点伤。"

"这我倒是能理解,但是……"

妈妈目不转睛地盯着"盈"。这是很自然的,因为她们虽然穿着相似的制服,但确实是不同的人。尤其是"yíng"和盈身高完全不一样。

"为什么,友惠你是从'学校'把盈接回来的呢?她直接从车站

回家不就好了。"

"盈的书包还在学校呢。"

"哦，原来是这样啊。"

看到妈妈终于被说服了，友惠又说道："她挺累的，想休息几天，葬礼什么的放到之后再说吧。"

"我知道了。"

"走吧'盈'，到我房间去吧……"

就这样，我邀请了一个来自公元3000年的少女yíng到我的房间里。

到了房间，我拿出坐垫，教给她最基本的常识（坐垫该放在哪儿啊，使用方法之类的）之后，便和她说：

"这原本是我朋友坂口盈的房间。但现在她有别的事不在这。我刚才打公用电话问过了，她好像还要过几天才回来，所以这段时间你就住这里吧。"

"……坂口，盈？"

"哎？嗯，对，和你一样都念yíng，但是她的名字可以写成汉字。"

我以为她是因为这一点才关注这个话题的，但好像并非如此。

"难道是坂口霞的小姑子坂口盈吗？"

"哎……"

刚想把泡好的茶倒进杯子，这句话差点让我把茶杯摔在地上。

复演
REACT BY HARUKA HOJO

"你以前见过霞小姐？"

我惊讶地问yíng。

回想起来，所有的事情，都是从我没见过的这位女性身上开始的。

"嗯，见过面，还聊过天，可那是……"

"我现在就把茶和点心拿过来，我们交换一下情报吧。"

我匆忙准备起来。

然后，从yíng那里听到了让我大吃一惊的内容。

yíng在公元3000年当时间警察。

警察是根据在公元2311年，一位神秘失踪的科学家房间里，发现的一种散发着薰衣草香味的药的力量来选择中yíng担任的。

yíng在调查神秘地震时，在镜子中遇到了"坂口霞"，并听说了盈的事和"保彦"正在寻找那本神秘的书的事。

在寻找那本神秘的书时，她遇到了一本名为《复写》的书。

"呃……"

我不确定在这个时候说出来合不合适，于是刻意少多一嘴，继续听yíng的讲述。

然后为了避免因《复写》导致过去被篡改，她又去了2002年夏天。

在那里，她遇到了一个神秘的女人，并被告知了未来的命运。

于是，她根据女人的指示穿越到1992年的夏天，见到了"失踪的科学家"保彦。

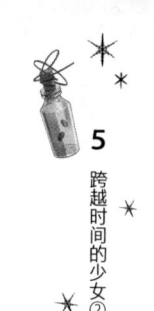

我不由得陷入了沉默。

这……

这个事情的进展……

但目前，这只是一次情报交流。

"好了，现在轮到你了。发生了什么事情？那家伙来这里做什么？他有什么目的？"

这一次，友惠分享了她从之前的事件中获得的情报。

从盈那里听说，有看到过去的能力的，千秋霞的事。

以霞看到的"大量保彦"的信息为基础，自己写出了《复写》这部小说的事。（对此，yíng也感到惊讶。）

"保彦"按《复写》中所写，转学过来的事，明明自己写出来只是为了当个谈资的。

但保彦真的打算依照《复写》中的办法行事。

可保彦的这个办法其实漏洞百出。

当我讲完的时候，嗓子也确实扛不住了，便伸手去端茶。看到这一幕，yíng也和我一样端起茶喝了一口。

"真好喝。"

yíng喝着茶评论道。

"嗯，毕竟是静冈嘛。"

我这么回答。

"嗯……"我抱起胳膊，"这些信息该从哪里开始归纳呢……"

复演
REACT BY HARUKA HOJO

"如果《复写》是你写的小说,那这些应该不是实际发生的事情才对啊?"

面对yíng的疑问,我宽慰地点了点头:"那当然啊。那种天马行空的事情,即使有穿越时空的力量,也不可能实现的。"

"可是就像小说里写的那样,那家卡拉OK店里真的有个一身黑的女人哦。"

友惠此时已经明白,那大概就是自己吧。

原来如此,同学会我自己也去了啊。

自己之所以写"酒井同学在里面倒下了",是想说明即使那两个人遭遇了不测之后,《复写》也还在继续。

为什么?

在这一点上,出现了一个"我"的例外。

就在我思考的时候,yíng在旁边一脸坚定地说:

"无论如何,对我来说,抓住——你可能听不懂,所以我用他在这个时代的名字来称呼他——'保彦'是我的首要任务和使命,这一点我不能让步。"

"……"

友惠很苦恼。

(是啊,对于yíng来说,优先考虑那边是理所应当的嘛。)

要是这样的话,友惠开门见山说道:

"首先,你断定保彦同学就是2311年失踪的科学家,纯粹是根据他的'脸',对吗?因为科学家长得和保彦同学很像,才做出这样的判断,对吧?"

"当然了。"

"有没有可能是长得很像的其他人?"

"当他不是时间警察,却使出穿越时空之力的时候,就没这个可能了。而且,如果真是这样,他没有理由逃跑。"

"这样啊,那我有件事想确认一下。"

我把我最想不通的事情提了出来:"到了公元3000年,还是没有破解穿越时空之力的制造方法。只有某些合适的人才能使用穿越时空的力量,那也就是说,这些人用的是科学家留下来的药对吗?"

"……这是当然。所以,我们才在追捕'那家伙'。"

"我问的不是这个,我想问你是不是可以无限使用这个力量?"

yíng一副完全没听懂我在说什么的表情。

我想她可能理解不了我这么说的意思吧。

"我不知道你们警察具体有多少人,但是现在情况是,你们只能用科学家'留下来'的药对吧?"

"啊,你是这个意思啊。"yíng用一副"你想问的是这个啊"的表情回答,"这你不用担心。科学家以防万一留下了许多药,只要能回到未来马上就能补充库……"

yíng的言语、表情、身形都定住了。

我想说的就是这个。

复演

REACT
BY
HARUKA
HOJO

"不好……"

yíng赶忙把手伸向空中。一个小瓶子掉了下来。

小瓶子里面装着薰衣草色的药,但只剩两片了。

"还剩两次……"yíng垂着头说,"算上回去的那次,只剩一次了。"

"……这样,那如果要按我正在考虑的'如何确定保彦同学就是失踪科学家的方法'行动,yíng,你可能必须在我家等二十天以上的时间了。"

"……什么意思?"yíng抬起头,"二十天?为什么?"

"……只要能获取保彦同学的DNA就行了,是这个意思吧?"

"嗯,当然。只要有DNA,马上就能验明是不是他本人。"

"……这样啊。"

我懂了。

身为《复写》的作者,我现在懂了。

所以事情,只有一半是按照《复写》的内容进行的。

但还有问题。

而且应该说是,很根本的问题。

保彦他……面对这个问题打算怎么处理呢?

他已经读过《复写》,所以也应该注意到了这个问题才是。

不……

这个事情……

我看向yíng。

看向yíng这位……来自公元3000年的时间警察。

她和我一样，都是十四岁的女孩。

"……怎么了？"

"yíng你最好做好心理准备。"我用认真的口气说，"如果事情真像我想的那样发展，恐怕你将会被困在这个时代，直到十年后的2002年。"

我理解不了她的话。

yíng不懂友惠在说什么。

但是友惠把一头雾水的我抛在一边，站起来环顾四周。

"……你在找什么？"

"不，也许吧，如果真是'我'想的那样……你看，有了。"

友惠从桌子上拿起一本书。

书名是《穿越时空的少女》，作者名叫"高峰文子"。

"那是……"

"果然。"友惠叹了口气，"不行，没戏了。看来我一个人确实处理不了。"

"这是不是意味着，事情如同《复写》一样发展了？"

"不是的。"友惠斩钉截铁地说，"本来《复写》的内容就没法成立的。那只是告诉你'如果这么解释的话，会迎来不同的结局'的

复演
REACT BY HARUKA HOJO

一个故事。所以才叫《复写》嘛。"

"……"

"所以,你在2002年遇到的那个女人,才会把《穿越时空的少女》这本书交给你。"

"等一下。"这话听得我焦躁地挠起头,"你到底想说什么?现在既然你手上有'那个',那不就相当于事情在按着你写的《复写》发展吗?"

"只有一半是吧。 正因为如此,你遇到的那个女人才会把书给你。"

"……不,那个。"

我混乱了。

事情有矛盾。

明明没有矛盾的,却产生了矛盾。

如果按照《复写》的内容……现在的友惠手上有这本书并不奇怪。

可是,我的确从2002年见到的那位女性手中收到书,然后放到了2311年。

"简单来说呢,在《复写》中美雪概念里的手机,就相当于我概念里的'这本书'。"

"用我能听得懂的话说。"

云山雾罩里,我还是尽量认真地挤出这样一句。

"首先呢……"

友惠打开一个笔记本,在空白页上画了两条线。一条线上写"过去",另一条线上写"未来"。

"《复写》的过去篇,也就是1992年篇,'这部分'是真实发生的事情。倒不如说,这'必须是真实发生过的事情'。如果没有这个事情,《穿越时空的少女》就不会出版了。"

"等一下。"我伸手打断话题,"可根据我在未来检索到的数据来看,《穿越时空的少女》这本书并没有出版啊?"

"那当然啊。所以,你才去把书放到了2311年,不是吗?"

"……啊?"

"不这样做,保彦就不会来到这个时代了。首先你要理解这一点。不,不管理解不理解都无所谓,反正这件事已经做完了,再后悔也晚了。"

"……我知道了。"

我决定,先把友惠的话都听完再说。

不然,我觉得我脑子会坏掉的。

"所以我才打算,先按《复写》的方式来做。也就是先陪他演这出闹剧。不,应该说是我在陪他演的时候,已经知道事情会按我写的故事发展……"

友惠"啊"地笑了一下。

"用《复写》的风格来说,这应该叫《复演》吧。"

复演
REACT BY HARUKA HOJO

看着友惠自信满满地说着这番话，我……

不知道为什么，对她有了好感。

我很小的时候就被发现对药有适配性，于是被寄养在政府的时间警察培训班。

所以我没有同龄的朋友。

这是头一次。

我能对其他人，有这种感情……

"所以呢yíng，你就放弃抓捕保彦同学吧。"

"这……"

活到今天好不容易对他人有些好感，可这家伙却……

这个想法倒也不是没有。

"我说了，我们时间警察要……"

"你还没发现吗？你回不到未来，不就是因为你想抓保彦同学吗？"

"呃……"

"如果'现在'是2311年之后，你就可以追上他。但是'现在'不行。现在是1992年，'那段事实'还没有成立，你再怎么努力追他，都只会成为悖论。"

"那段事实是……"

"正因为2311年保彦同学失踪了，所以你才当上时间警察的吧？"

/158/

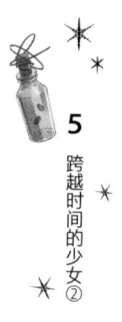

"是。"

原来是这个意思啊。

也就是说,如果我"现在"抓住了那家伙的话……

"没错,时间警察这个职业就会不复存在。理由就是,如果他没失踪,你们就不会发现那个药。"

道理我懂。

但是,我还是不太能接受。

"那为什么,我能在此时此地存在呢?如果抓住他就会成为悖论的话,我这个时间警察岂不是永远没法抓那家伙,那时间警察本身不就失去意义了吗?"

"所以,这本书不是在这里吗?"

友惠拿起《穿越时空的少女》如此说着,但我完全不能理解。

"而你停留在1992年,也是因为在这个时代之后,还有一些事情需要你去做。现在,我来和你解释一下这个事情。"

这次,友惠又把《复写》拿在手中翻了起来。翻到第一百七十四页,从"但是,为了保彦的名誉,我还是要解释一下"开始,酒井茂解释说明夏天发生的事情这段。

"这一段呢,我是用'酒井同学是这么解释的'的口吻来写的,"友惠说话时表情显得有些犹豫,"说实话吧,这个,其实搞错了。"

"……什么情况?"

"呃,应该说酒井同学和保彦同学去到过去这件事,是对的。说

复演
REACT BY HARUKA HOJO

起来,他们此时此刻,也正在按照《复写》所写的内容行动着。我本想问问他们为什么要选择这么破绽百出的办法,但也能理解,确实情况紧急,现场最符合实际情况的办法可能也只有这个了。这也是无可奈何的。但是,剧情后半段,酒井同学所做的解释,那些都是错的。其实不用这么解释,也能得到另一种结论的。"

我感觉,自己好像理解了。

"这,也就是说……"

"是有办法不让《复写》的结局实现的。"

"可,可具体要怎么做……"

然后我从"作者"友惠嘴里,听到了对故事的另一种解释。

●友惠并没有杀掉樱井或是长谷川。他们是出于其他原因,被另外的人杀掉的(但因为同学们卷入刑事案件,或者因为事故和天灾死掉的可能性很大,她好像也是出于警告的目的才这么写的)。

●美雪没有在预想的日期拿到手机,是因为她从1992年穿越过去的时候,没办法确认十年后的日期时间是否精确(虽然看一下报纸就能知道日期,但这件事不是五秒钟内能办到的)。美雪没能在预想的时间拿到手机,这么写也是让作品显得更加真实(也就是说,在美雪不知情的状况下手机消失了)。

●毕业相册里有保彦的照片,可能在美雪的角度讲(保彦)

只在1992年7月1日到7月21日存在了二十天,感觉这件事情无法说通。但其实因为他也在和其他同学同时进行着这样的活动,在这段累积的时间里保彦也在成长,就有(同班同学)偷拍了他在成长过程中的照片,然后塞到了毕业相册里。(美雪见到照片很惊讶正是因为她是"第一个人",她只认识"十四岁的保彦",而不认识成长过后的他。)

"……所以,其实就算不管他们,事情也不会像《复写》那样发展的。"

友惠陈述的事实让我放下心来。

……

呃,不对。

这和我看到的现实,不一样。

"但是,那个时候,那个女人……"

那个一身黑的女人。

那个把《穿越时空的少女》交给我的女人。

对我……

"没错。"

友惠看向我,点了点头。

用一副我似曾相识的表情,看着我这边。

这个眼神代表着什么,我猜不透。

复演
REACT BY HARUKA HOJO

有些悲伤的……

又有些温柔的……

就是这样的眼神。

"其实现在将要面对的才是最大的问题。这个问题,我觉得现在保彦同学应该也注意到了……"

"只要把大槻美雪找过来,让她成为第一个就行了吧?"

"yíng,仔细听我说。"

友惠把手放在我的肩膀上,用非常认真的眼神和声音说:

"归根到底,最大的问题,就是这个……因为我们二年级四班,没有这个叫'大槻美雪'的学生……"

6

书写时间的少女②

REACT BY HARUKA HOJO

复演

REACT
BY
HARUKA
HOJO

2000年冬天。电脑屏幕前，我……大槻美雪，烦恼着。

因为怎么都写不出来。

写不出来也是理所当然的。

毕竟《穿越时空的少女》就是我的记忆嘛。

我又不是专业作家，除此之外的作品怎么可能写得出来啊。

我如实在电话里把这些告诉责编相良后，对方回答：

"如果您说无论如何都写不出来的话……没准也能让《穿越时空的少女》出版。这个作品虽然是我们出版社新人奖的落选作品，但出版行业里这种捡漏出版的事情也不算少见。"

从第一次和相良见面开会，到现在，已经过去了三个月。

我花了三个月，也没能写出一篇故事架构。相良也很着急，她觉得我可能已经气馁了，才这么跟我说的吧。

然后相良又说道：

"出版作品的时候，不光一定要过校对关，而且编辑也会对文章和台词进行修改。这一点，是一定的。作家所写的作品绝不可能'原封不动'地出版，一定会过编辑的手，这一点请您理解。我这就把修改过的《穿越时空的少女》发给您。"

我听了之后有些疑问,所以听她说完之后马上就问了一下:

"这个是绝对的吗?比如说原稿已经完美到不用修改,你们还是会强行在里面添字减字吗?"

"我明白您想说什么。"相良估计是苦笑着说的吧,"我的回答是'是的'。从作家老师那里收到第一稿,也就是最开始写好的东西时,无论这个作品多么完美,多么没有修改的余地,甚至说修改反而会画蛇添足,编辑和校对也一定会加上自己的意见。这,是绝对的事情。您就把这当成是出版界的规矩……嗯,我明白您想说什么。比如说我这边让作家老师不要用现有的A段,去写个B段,然后之后重新想了一下,又觉得还是A段好又让人家改回来……这种事在我们行业里叫'回炉'。"

也就是说,现在我手里的这个原稿……已经是被红笔标注各种提问、修改、增删标点符号之后的原稿了。

"嗯……"

我也不知道现在的心情要怎么用语言跟相良讲清楚吧……

原稿(用电脑软件写的原稿)上能直接看到编辑的修改意见,然后根据意见进行修改,这种工作我虽然是第一次做……

但我对此带着一种接近于厌恶的感情。

我不想做这个事情。

我知道可能是我任性过头了,但即便如此,我也不想改。

不想改动原文。

复演

REACT BY HARUKA HOJO

我明白，相良站在她的角度这么说是合理的。

人家又没说编辑要改变故事主线，硬塞新人物，大幅砍字数。

顶多也就是改一改角色的台词，稍微浓缩一下语句，换一换说法而已，可即便如此我也不愿意，不想去改变。

我也明白"人家改是为了让文章更好阅读"，但是不知为何，主观上就是不想改。

其实对于我本人而言，即便这段记忆是真实存在的，可那也已经是八年前的事情了。不可能故事里角色的每句话都与现实中二年级四班同学们的台词一样。因为我的记忆力不可能这么完美，搞错的可能性很大。

可是，怎么说呢，这种奇怪的感觉。

有点模糊。

记忆，有些混沌。

本就是靠着模糊的记忆写下的《穿越时空的少女》，再过一遍他人之手，恐怕会更加不清不明。

就像是，冰融化了一般……

不，更像是雪融化了一般……

就像是美丽的雪花，融化成一摊水一样……

我不想让人读过后有这样一种感觉。

我瞥了一眼日历，现在已经是年底了，离过年只剩一周时间。

"怎么，怎么办呢……"

妈妈说既然你已经找到工作了（其实也不算找到，但是因为有收入进账了所以也算吧），今年过年就必须回老家。

前几年我嫌麻烦，逢年过节休息，也没回过家。

"要不今年，回去试试……"

一嘟囔起这些，我就把手头的工作停了下来。

到过年了，如果要回老家的话，就必须得把好多事情在年内了结。于是，我先搞起了大扫除。

把平时装垃圾用的纸箱子从衣柜里拿出来，然后把需要的东西和不需要的东西区分开。

"今年的可燃垃圾回收……呃，后天就是截止日了？那我真得在今天收拾完啊。"

我赶忙把常规早餐——夹心面包和牛奶吃进肚子里，决定利用整个下午的时间来认真收拾。

如此一来，就会翻出这个，找出那个，都是些很怀念的东西。

高中时候用的笔记本和参考书等不需要的东西收到一起用绳子捆好，到时候打包扔掉。

接着，我又从纸箱子最底下，翻到了一个真的十分令人怀念的东西，便不假思索地拿了起来。

"哇……"

翻出来的是初中时候的校服。

冈部中学的校服。

复演
REACT BY HARUKA HOJO

水手服，红色领结，黑裙子。

好怀念啊。我就是穿着它，在我怀念的冈部中学上课。

"……"

嗯……

这，怎么说呢……

手感很奇怪……

"料子，居然……"

保存得这么完好吗？

明明是个旧东西，可不但没有磨损，没被虫蛀，甚至连灰都没有。而且，也没有褪色。就像是套新衣服一样。

"不是吧？这可都是七年前的衣服了啊？"不，话又说回来，"为什么，我会把初中的校服带到这边呢？"

这间房是我刚上大学的时候租的。

可如果不是为了收藏，其实也没有必要特意把初中的校服带过来。

"而且……"

不知为什么，找了半天，也没找到冬装。

我拿到这间房里的，只有夏季校服。

"咦？"

为什么会这样呢？无法理解。

（难道是以前我怕万一哪天缺钱，打算卖到什么地方去吗？）

不对，就算真是这么想的，也不能成为只带夏装过来的理由。

"什么情况？"

我也想不清楚，为什么自己只带了夏装过来。

于是，我亲手把校服，放进了装废品的纸箱里。

可是，几个小时后。

"嗯？！"

在我感觉自己终于要打扫完的时候，突然发现初中的那身校服整整齐齐地叠好，出现在了装着有用东西的纸箱子里面。

"为什么……"

我本来打算这次把没用的东西都扔掉。

为此，才大扫除，做分类的。

是不是干活的时候，我搞错了箱子，把校服放到了装着有用东西的箱子里？

于是我再一次，把中学的夏季校服，放到了装废品的箱子里。

这个晚上……

我一想到后天就是可燃垃圾的回收日了，就把白天做完扫除，装废品的纸箱子搬到玄关。

可是，里面却没有校服。

因为那是，我的衣服。

"咦？烧津也有直通冈部的公交了啊。"

在静冈站，我向工作人员确认过这件事之后，买了一张电车车票。

复演

REACT BY HARUKA HOJO

我本来想先去藤枝，再转公交去冈部的，但现在只要到烧津就能换车，这么走能省点钱。

但是，到了电车上我才想道：啊，对了，从烧津走的话其实是绕远的，最后可能还是从藤枝转车这么走总价最低。

这么一想，就觉得不可思议，为什么我现在才注意到"这个事情"呢？

明明我上高中的时候每天都从冈部出发到静冈市里上学的……

但是，票已经买了，也没法退票。虽说在车里找列车员付点手续费也能改，可这又太麻烦了，于是我最后还是在烧津下了车。

从那里坐公交往冈部町走。车在烧津市里转了一圈之后，过大桥，往北一走，就到了我怀念的故乡冈部町。

在这段路上，我一直坐在靠前的座位上，直到快到站了才注意到，其实有位一身漆黑的女性，一直坐在公交车的后排。

奔烧津市里去的人，一般在车在市里转悠的时候就下车了。过了桥还没下的，应该都和我一样，是去冈部町的，但是……

"……她是谁来着？"

我时不时回头向后瞟，可是距离太远看不清楚，再加上其他乘客都已经下完了，也没有掩体。再这样看下去，这位穿黑衣服的客人恐怕也能感觉到我在看她，所以我就没继续去看，也不知道那人是谁。

车到了冈部町，我和那位女士一起下了车，但她走向了和我相反

的方向,所以我最后也不知道她究竟是谁。

(我们这片,有这样的人吗?)

虽然有这个想法,但其实我上了大学之后就没回来过,算起来也有三年半了。虽说老家是乡下,也会有一两个新搬过来的人吧。所以我不认识大概也是正常的。

冈部町有了点儿小变化,就像是在为我的想法提供佐证一样。在我不知道的地方开了个便利店啊,朋友把家里房子挂牌了啊,等等。又往前走了走,更是看到了让我大吃一惊的场面。

"咦?这家不是……"

酒井同学的家里,聚集了不少人。

而且,每个男士都一身黑西服黑领带。女士则是一身黑衣,戴着珍珠项链,手里还拿着念珠。

"呃……"

我心里一紧。

怎么看,都像是葬礼。

毕竟是熟人,完全无视不太礼貌,于是我悄悄问了一下负责接待的人。

"啊,那个……"

"嗯?"

应该是殡葬公司的人吧。一个穿丧服的老爷爷来接待我。

"我是旁边大槻家的人,好几年没回家,今天是年末久违地回来

复演

REACT BY HARUKA HOJO

一次……难道,这是酒井茂同学的……"

难道真的……

他和我同岁。刨去事故,这个年龄我可不觉得他会因为生病或是什么原因死掉。

不过,好像不是这样的。

"啊,你是酒井的朋友啊。他现在在里面,要我帮你叫出来吗?"

"嗯?"

"酒井是主家。"

也就是说……

"那个,不好意思,去世的是……"

"酒井的父亲。而且,今天不是葬礼,是三年忌(去世满两年,进入第三年的纪念仪式)。"

啊,原来是这样啊,我明白了。

原来如此,难怪门前有小型巴士,却没有灵车。之后应该是在家请和尚来念经,然后去墓地参拜,最后一起吃顿饭吧。

"现在住持还没来,没那么忙,我帮你把酒井叫过来?"

"啊,也不用……"

我赶紧看了看自己的打扮。

毕竟也没想到会碰上熟人家里办丧事,自己虽然穿得没那么扎眼,但也不适合出席葬礼。

"实在不好意思。事前完全不知道这个情况,今天还有别的事

情就……"

我说话有些含混,但殡葬公司的人可能是已经习惯了吧,没有一丝一毫的动摇。

"我知道了。"

于是,我从酒井同学家离开了。

然后,我想起来。

"啊,刚才那个穿黑衣服的人……"

估计是来参加三年忌的客人吧。

所以,我才没有印象啊。应该是远房的亲戚什么的。

不过,一想到酒井同学和我同岁,就能承担起主家的重任,让我有点畏缩。

因为,他之后,必须站出来为一家人主事了。

我停住了脚步。

酒井茂的父亲死了……

"这……"

我知道了。

回来之前都不应该知道的事实,现在我却已经知道了。

"因为……"

没错,在《复写》里。

"我大二的时候,脑梗去世的。"

有阿茂的这样一句台词。

复演
REACT BY HARUKA HOJO

日子是对的。

也就是说，阿茂的父亲是在1998年去世的，然后在两年后的今天，办三年忌。

一股寒意掠过后背。

（不……）

稍微，等一下。

在《复写》里面……

（他是夏天回老家的。现在是冬天。也就是说……）

不对！

"那个时候"他已经因为"盂兰盆节没回来"而在之后补回过老家了。和这次三年忌，不是一个事。

如此说来，果然。

（事情正按着《复写》所写的发展……）

这时，耳边传来了一个熟悉的声音。

"对不起，各位来宾。"

这个声音我知道。

"刚才收到消息。××寺的住持因为堵车可能要晚来一点。所以，现在还暂时没法做法事。外面天挺冷的，各位进屋里来等吧。"

这是阿茂的声音。

和初二时候稍微有点不同，但是这个声音我很熟悉。

很是怀念的声音。

不。

不对。

是的我知道。的确，我知道这个声音是谁发出来的。

知道是知道，但是并不"怀念"。

"为什么？"

我，是保彦同学选中的"第一个人"。

保彦同学，在男生里和阿茂关系最好。

所以……必然的，也应该跟我亲近才是……

"嗯？"

这时，穿着丧服的阿茂，注意到了我。

我明明没穿黑衣服但他发现了我。可能是因为我没站在人堆里，却在酒井家面前盯着看的关系吧，有点显眼。

他往这边走了过来。

"你是……"

有一位穿着黑衣服的女性，突然插进了我和他之间。

"呃……"

"啊……"

"好久不见，酒井同学。"

而且，也是个熟悉的声音。

"雨宫……"

复演
REACT BY HARUKA HOJO

阿茂这么嘟囔了一句后，友惠慢慢转向这边，说道：

"还有，'美雪'也是。"

听到这个声音的瞬间，我感觉，自己仿佛坠入了时间之海。

"那个，我不是来祭拜的。"

友惠这么说。

"你也知道，我初三的时候从冈部搬出去了，但我的户籍还在这边。这样一来，我在搬家的地方办手续不是很方便，所以我今天是来替妈妈跑个腿，去政务大厅办点手续的。这不是也到年底了吗……嗯？衣服？丧服？不，别误会了。这个是我的日常打扮。没错，我平时只穿黑色的。"

结果，我和阿茂没说上话。

阿茂是丧事的主家，有很多事要忙。就算和初中朋友来了一个意想不到的再会，忌日这个场合也不是开心聊天的地方。我最后在现场只是点了点头，和友惠一起离开了酒井家。

"不过，友惠啊。"

和友惠并肩走在路上，我问她：

"友惠你从公交车上下来的时候……是朝着和政务大厅相反的方向走的吧？那么走，是为什么？"

"好久没回来了，想四处转转。"

她说着，指向了那边的路。

"我家在……"

我刚想说我家在相反方向时，友惠却抢先一句：

"美雪家我们稍后再转。先去初中看看吧。那个旧校舍，好像变化很大呢。"

"旧校舍……"

在《复写》里倒塌，在现实里也倒塌了的，那个旧校舍。

不知道为什么，我就这样听了友惠的话，被她带了过去。

然后，到了能看见中学的地方。

"啊……"

果然，旧校舍已经不在了。

刚倒塌的时候遍地碎砖碎瓦。学校也不可能让这种危险的东西留着，于是很快就清掉垃圾，把这里变成空地了吧。

"咦？"

我一下定住了。

"奇怪。"

为什么，我现在会做出"变成空地了吧"的猜测呢？

我在"初中二年级的时候"，经历了《复写》事件。

然后，我继续在这所学校上了初三。

那是当然的。初中不毕业，没法上高中啊。

但是，我对这个旧校舍"之后"怎么样了，没有任何印象。

"怎么了？美雪。"

复演

REACT BY HARUKA HOJO

"友惠。"

我用一种急切的语气问友惠:

"这个旧校舍……之后怎么样了?什么时候变成空地的?"

我向友惠问起,我所没有的记忆。

我好像很自然地,在寻求着记忆。

可是,友惠却没有回答这个问题。

"我怎么可能知道啊。初三那年我就搬走了。"

"也,也是。"

不,不对。

我真正想问友惠的,不是这个。

"友惠……"

那本书。

《复写》。

写了那本书的……

"今天呢,'美雪'。"

友惠先开口了。

"我从雪子那里听说,你要回冈部町了,所以我才过来的。户籍那些都是借口,因为酒井同学在现场,我才随口编了一个。"

"呃,雪子?为什么?"

为什么,这里会出现我妹妹的名字?

"什么为什么啊,我初中时候在文学社,雪子是我社里的学妹。"

"啊，哦，这样啊。"

原来是这样啊。

……

真是，这样吗？

不对，我要问的不是这个。

"为什么友惠听说我回来，就跟着回来了呢？"

"因为，这不是很不妙吗？"

"什么不妙？"

"因为你其实并非真实存在这件事，只有我和盈知道，所以不能让其他人……特别是酒井同学，绝不能让他知道对吧？"

"嗯……"

并不存在。

我其实，并不存在？

除了友惠和yíng之外，没人知道？

yíng？

萤？

盈……

冈部萤……

"友惠。"我用颤抖的声音说，"莫非，《复写》这部小说，就是……"

"没错，是我。用冈部萤的笔名写的。"

复演
REACT BY HARUKA HOJO

这句话把我惊得甚至没法好好接话。

"听盈说过之后……我们需要找到听到《复写》这个话题后会产生反应的人。但是，因为yíng的力量只能使用一次了，所以我们只能自己想办法解决这个问题。所以我们才会把《复写》出版。"

我听不懂。

谁？

盈……

"我们知道，这样做的结果就是违抗了命运。我们知道，为什么保彦同学要用'那种方法'。没错，就是为了违抗命运。他从一开始就知道这点。"

然后友惠，紧紧地盯着我。

就像是，在仔细观察我一样。

"友惠？"

"好了。"友惠低声说，"确认完毕。那么'美雪'，接下来不要去别的地方，你赶快回老家吧。"

说罢，友惠便离开了。

这天晚上，我从老家，给在R出版社的相良打了个电话。

"喂？对，我是高峰……不好意思，相良小姐。能不能把《穿越时空的少女》出版一事取消掉呢？不，我并没有改变想法。只是现在，我对自己的记忆非常没有信心……啊，不，不是这样的。《穿越时空的少女》是虚构的,和这个没有关系。嗯,非常抱歉。"

于是,命运交到了"缺失时间的少女"之手。

7 缺失时间的少女②
REACT BY HARUKA HOJO

复演
REACT BY HARUKA HOJO

　　1992年，夏天。

　　盈觉得这也是没办法的事，只好作罢。

　　因为这是她必须亲眼见证的事情。

　　需要直接去面对，躲不开的。

　　盈鼓起勇气看了一眼，然后，还是大哭起来。

　　变形的尸体已经看不出父母和哥哥的模样，并且尸体的臭味也太过刺鼻，她对不愿意接受"那些"就是父母和哥哥的自己有些生气，气到哭了出来。

　　"接下来，会怎么安排？"

　　盈问了一下政府的工作人员。

　　"比如葬礼之类的。"

　　"还没有确认身份的遗体，也就是那些还不知道姓甚名谁的人，是没法下葬的。如果已经确认身份了的，我们会依次举办葬礼。但是现在这个情况，恐怕只能一切从简。所以实在不好意思，大概最后只能把您父母和哥哥的骨灰给您。"

　　"这样就可以了，非常感谢。"盈低头行礼，"因为我们家族的坟墓这次也震塌了，所以我就先收下骨灰盒，迟早有一天我会给他们

找一个新墓地,到时候会让父母和哥哥在那里永眠的。"

"真坚强啊。"政府的工作人员感叹道,"你这个年纪,不用想得那么远的。"

政府的人也是出于好心才这么说的吧。当然,这一点盈也理解。

理解是理解,但盈还是摇了摇头:

"并没有刻意想得那么长远。我只是客观分析了一下今后的未来而已。"

经过地震这件事,盈下定了决心。

她给东京的亲戚打了电话,打算投靠那边。

当然,她也回了一趟雨宫家,向对方道谢。告知借宿时的开销,她一定会在未来还上。

其实东京的亲戚和自己父亲不和,是有理由的。

因为东京的亲戚,一直想收养盈。

她这次去投奔亲戚,自然也就等于同意了这个条件。

这不是什么问题,盈已经下定了决心。

此时此刻,盈还不知道二年级四班,来了一位转校生。

所以,当她给雨宫家打电话,说自己还会暂时在兴津待一段时间的时候,不知为什么友惠突然从妈妈手里把电话抢过来,而且还跟她说了一个非常震惊的消息之后,盈陷入了沉默。

"盈,那个人,真来了。"

"什么真来了?"

复演

REACT
BY
HARUKA
HOJO

"转校生,保彦同学。"

"……"

一开始,盈没有理解友惠在说什么。

但马上,她意识到这是在说《复写》的事。

"啊,也就是说,霞嫂子说的都是真的吗?"

"这样的话,你说,这、这可怎么办啊?"

"谁知道呢?"盈此时只觉得怎么样都好,敷衍着回答,"不管他不就好了?反正这个事情真的假的无所谓吧。"

"……不,可是……"

"因为故事是友惠写的,所以之前没好意思直说。简单来说就是这个叫保彦的男人,有点太浪荡了吧?这种渣男就别管他了。"

"可这要成为现实的话,不就麻烦了吗!"

"麻烦什么?"

盈说这话的口气是认真的。

盈不知道。

这个时候……也就是七月,正因为自己对"未来人"如此没兴趣,才会导致三天后,友惠对保彦,采取了那种保持距离的态度。

然后紧接着被yíng袭击时,友惠能够保持冷静,也是源于她想到无论如何,直面父母哥哥死亡的盈,也要比自己痛苦得多。

可现在,友惠就算和盈这么直说,盈可能也不会有任何想法吧。

因为在盈的面前,现在还有"现实"等待着她。

/186/

父母和哥哥必须火葬的现实，还在等待着盈。

这是逃不掉，也不能逃的现实。

与此相比，班上来了个从未来穿越来的转校生，这可太不算事了。

然后，打完这通电话后，过了两天。

那位少年杀过来了。

"呀，坂口盈同学。初次见面，我叫园田保彦。"

"……"

"说的就是这家伙啊。"这是盈第一次见到他的感想。

原来如此，她马上明白对方是因为必须给"全班同学"植入同一个记忆，才会找上门来的。

盈可没有友惠那么温柔，而且她也不是《复写》的作者，所以对他也没客气。

"其实因为有些情况，得让全班同学知道'今天'的事。所以，能不能换个地方聊？"

"烦死了。"

保彦说不出话来。

一副完全没想到对方会是这个态度的表情。

"你好好看看，这里是临时重建的殡仪馆，现在正在举行葬礼，每个人都很悲伤。这种时候一个毫无关系的家伙厚颜无耻地跑过来，还说什么'能不能换个地方聊？'，找打是吧。"

"不，那个，我……"

复演

REACT BY HARUKA HOJO

"赶紧滚,我忙着呢。"

盈现在正在参加葬礼,作为坂口家唯一的幸存者,她必须履行这个义务。而且父母和哥哥还在火葬炉里,烧完马上要去收骨灰盒的。

但保彦听她说完后,显得有些困惑。

盈一开始想,这么简单明了的情况他为什么理解不了呢?但她回想起《复写》的内容,又马上明白了。

啊,我想起来了,这家伙根本不懂这个时代的常识啊。

过了一小会儿,保彦还是继续坚持自己的想法:

"不,还是不行。只要你是二年级四班的学生,就必须让你听我说。"

这家伙怎么回事啊?这是盈此刻最真实的想法。

"我说啊。"

盈一副我真服了的表情开口道:

"你是不是也和友惠说了同样的话?"

保彦听到这话突然一惊。

"我和友惠是朋友,所以我都知道。你为什么来到这个时代,在这个时代打算做什么,还有为什么要这么做,我全都知道。"

然后,盈轻蔑地盯着保彦的眼睛说:

"你没发现你是在把你的想法强加给别人吗?你无视班上同学的个性、性格、性别、兴趣、学习能力……对他们说'同样'的话,纯粹就是强行把'同样'的记忆塞给大家……这种行为,我们叫作

任性。"

"……这是必须的！大家必须有同样的记忆！"

"凭什么要为了你一个人的私欲，就单方面要求大家一个一个满足你'同样'的需求啊？"

这是只有盈才能说得出的话。

盈让保彦看向这个被毁灭的城市。

"看啊。这个城市，大家都'同样'接收着地震单方面带来的痛苦，他们哭着，喊着，痛苦着。你做的事情和这是一样的。只不过你把你的行为伪装得像是善意而已。"

保彦，向盈伸出手。

但盈把这只毫无疤痕的漂亮的手拨开。

"……不行啊！不让大家都有同样记忆的话，未来就……"

"正因为大家都不一样，所以才能开辟未来才对吧！"

盈不打算再和对方纠缠下去，直接下了最后通牒：

"你放心，我要投靠东京的亲戚，所以我不再是二年级四班的学生了。可能学籍上还在那个班，但是我不会参加同学会，也不会当作家。所以，你就按你想的做，强行单方面把你喜欢的东西往他们身上加吧，直到你满意为止。"

说完这段话，盈从保彦面前离开了。

保彦好像又在原地思考了一会儿，最后也吃下药，离开了。

复演
REACT BY HARUKA HOJO

过了差不多一个小时，盈的父母和哥哥顺利火化，装进了骨灰盒。

因为出了保彦这档事，盈也不想再回冈部了。虽然有些对不住雨宫家和友惠，但她觉得给那边打个电话说一下就好，打完电话就直奔东京的亲戚家。不过她转念又想，自己能不能也做点力所能及的事回报家乡，做完再去东京，于是就和志愿者们一起捡垃圾干杂活。有一次，一对看起来很有修养的中年夫妇，抱着一个一岁左右的孩子，找盈搭话。

那就是帮哥哥安排打工的一条夫妇。

"您二位没被地震伤到，真是太好了。"

"嗯。"夫妇俩回答道。然后，得知两位想来给哥哥清和父母上一炷香，盈便欣然同意了。

这时，盈注意到了……

一条夫妇抱着的孩子，和夫妇俩完全不像。再加上一条太太说没怀过孩子，盈就以为这孩子是一条家亲戚的小孩。

但事实并非如此。

据说是有特殊情况的一条夫妇的养子，名字叫"保彦"。

"哦？"

这偶然的巧合让盈大吃一惊，但此时，她还没有觉得有什么问题。

真正引发异样的是在太太抱着"保彦"拿着香，正要点火的时候。可能是被烟呛到了，保彦突然咳嗽起来，太太手忙脚乱之余，一不小心就把香掉在了保彦手上。

虽然盈和一条先生赶忙过来把火灭掉，但小保彦的右手上还是留下了一个烫伤的疤痕。

"实在是对不起。"

盈向他们道歉，但夫妇俩爽快地说这不是盈的错，这件事也没有造成尴尬的局面。

然后又过了三天，这位转校生园田保彦还不死心，又找上门了。

"你还真不死心啊……我不都说了我要去东京吗？"

"但是，和你持相同意见的友惠同学，已经答应配合我了。"

"呃……嗯……哦。"

敏感的盈，马上就察觉到。

友惠，恐怕是卷入别的什么事情了。

然后，和保彦的乱七八糟的事处理起来太麻烦，于是就答应配合了吧。

但是，一码归一码。

"我都说了，我已经和那个班没有关系，而且也不会当作家，更没有写故事的天赋，所以你强行给我植入记忆也没意义。"

"我仔细想了一下，知道全班人的名字，也知道有我这个人，再加上知道班上的课是怎么上的，那就有可能写出《穿越时空的少女》。也就意味着，你也在这个范围内。"

"你这是强词夺理！"

盈这么一回答，保彦右手掏出了一个像是没有枪身的便宜光线枪

复演

REACT BY HARUKA HOJO

形状的东西。

"……什么？哦，这个啊。"

盈读过《复写》，大致能推测出来。

"这就是那个洗脑装置来着？哦，打算用这个直接捏造记忆是吧。"

"盈同学，听我的话。不然，我就……"

"回不到未来了？为什么我要为一个出于个人兴趣穿越到我们这个时代的人收拾残局啊？你赶紧滚回你的时代去。"

"要是直接回去了，我在这个时代的记忆就要消失了！"

"你也太任性了吧！"

盈怒喝道：

"什么记忆要消失了啊！那你倒是先把我父母和哥哥死掉这段悲伤的记忆弄走啊！因为你想要开心的记忆，就操纵那些几乎无关的人的记忆，然后自己一个人开开心心回去？少说这种任性的话了！过去是可以穿越的，现实是必须面对的，未来是你不抓到手里就得不到的！这些东西用药或者洗脑装置去操纵，按着自己喜欢的想法去篡改，迟早有一天你会遭报应的！"

保彦听到这话，一副快要哭出来的表情。

即便是看到了这副表情，盈也只是纯粹感到厌恶。

然后，她看向保彦拿枪的右手。

右手手腕的位置，有个像是烧伤的疤痕……

难道……

怎么可能。

时代完全不一样啊。

但是,三天前,确实还没有这个疤痕。

"……园田。"

"怎么了?"

"你父母姓什么?叫什么?"

"没有姓,反正我是孤儿,无所谓。"

"成为孤儿之前呢?"

"我没有被现在的父母收养之前的记忆。"

"……那,右手上那个像是被烫伤的疤痕是怎么回事?"

"啊,这个啊。"保彦看了看自己的右手,"我也不知道。这伤在被收养之前就有了,那时候我还没记事,怎么受伤的也不知道。"

别说瞎话了。

三天前,根本就没有这个疤痕的。

这是在现在这个时代发生的"事件"中造成的。

这时,注意到这层因果关系的盈下意识觉得,自己真不应该与这件事扯上关系。

总之,她认为自己应该先把这件事告诉友惠。

于是,她一点一点,和保彦保持距离。

看到逐渐躲远的盈,保彦用一副泄气的表情说道:

复演
REACT BY HARUKA HOJO

"我做的事情,是这么不被认可的吗?"

"那当然了。因为这简直就是终极仙人跳嘛。"

"我明明只是想读读某本书的后续而已啊?"

"你自己去当作家不就好了。"

说着,盈从保彦身边离开了。

她先到静冈站,然后转乘新干线。路上她给友惠打了个电话,把刚才自己听到的,和自己联想到的事情告诉了对方。

之后,她同意和东京亲戚相良家的长子订婚这个条件,寄宿在了对方家,上高中后和对方结了婚。然后,1996年高中毕业,她进了R出版社。尔后再过四年,这年夏天她和她的老同学友惠取得联系,拿着《穿越时空的少女》来到某位女性身边:

"初次见面,高峰小姐。我是R出版社的编辑,相良盈。"

于是,她成为高峰文子,也就是大槻美雪的责任编辑。

8
赌上时间的少女 ②

REACT BY HARUKA HOJO

复演
REACT BY HARUKA HOJO

故事继续回到1992年的夏天。yíng一脸惊讶的表情，待在友惠的房间里。

"'大槻美雪'这个人，不存在……"
"原本就不存在。"
友惠对yíng这么说道。

●根据《复写》这本书所写，主人公"美雪"，在序章的时候就已经结婚，改冠夫姓了。至少在1992年她十四岁的时候，还没到法定的结婚年龄，所以"石田美雪"在1992年的名字，通过原文是猜不出来的（其实也是因为这个理由，才会给保彦加上一个"对谁都直呼其名"的设定，只是没想到他本人也真是这样的）。

●但是，如果对方是倒插门的女婿，姓可能就不变了，所以在1992年，确实无法推测出"美雪"姓什么。

●然后，作者也就是自己的名字是"雨宫"，在日语里就是"ア"开头。

●一般来说，如果要对"全班同学"做手脚的角度出发，除去"头脑好"啊,"将来的梦想是作家"啊,或者"是文学社社员"等理由之外,根据学号顺序来做"保彦的对象"这样更好管理(不过说起来负责管理的是酒井,必须得根据酒井的管理能力来考虑这件事。如果要同时管理接近四十个人的进度的话,想来想去他必须得按照某种顺序来进行,否则无论如何也控制不了)。

● 假如说是按照学号的顺序开始操作的话,从一号的"雨宫"开始最为合适。

● 反过来说,不从"雨宫"开始,才是需要理由的。

● 再进一步讲,"雨宫"的后面才会是"石田"(イ)或者"大槻"(オ)(中间虽然可能也会有"ウ"的内田,"エ"的远藤等,但还好二年级四班里本来也没有这些姓的女生)。

但是,听了这么多事实后,yíng好像还是没太想明白。

"这会怎么样?"

"所以,酒井同学在问保彦'第一个人是谁?'那段剧情,其实就是错的。酒井同学一直监视着这一切,直到最后一个人……也就是我,所以他应该是看到过除了我和'第一个人'以外的所有人的情况,用排除法应该也能推测出来才是。我是'最后一个人',然后自己又监视过了其他三十七个人,那就应该能够推断出谁是'第一个人'才对。"

复演
REACT BY HARUKA HOJO

"所以呢？"

"所以我不是才把主人公设定成了架空的人物嘛。"

如果《复写》是"真实"的，那么现在就如友惠所说，要是不能通过排除法锁定"第一个人"，这才奇怪。

但是，从表现力上讲，"第一个人"最后揭晓才有看头。

所以友惠从一开始，就没有打算让自己的同学兼好友"盈"以外的人读（正因如此，她才决定用自己班作为故事原型）。

当然，盈是知道自己班上同学的名字顺序……也就是学号顺序。

所以，她才把主人公设定成"已婚"。因为一般来说能换姓的场合，只有被人收养了，或者是嫁人了。

伴随着故事真相逐渐清晰，"第一个人"是谁变得愈发重要，其实这么做，也是让知晓学号的盈，让她对故事里隐瞒了"跳过了美雪（因为她是第一个人）"这件事不起疑心。

"其实，当我没有选择自己做主人公的时候，就在考虑'那该让班里的谁去做主人公'的事情了。不过呢，总感觉这样做有点不舒服。因为我把主人公设定成一个美少女，比如，让长谷川同学这样的人当主人公可能也不错。再举个例子说，虽然盈也许还称不上是所谓的'美少女'，但我觉得她挺酷的，让她当主人公可能也不错。不过，大概率，盈她绝对不会被……'保彦'这样的男人看上。没错，因为性格完全不搭。不管她知不知道真相，保彦都不可能'和她交往'吧。她是那种能直接吐槽'知道个鬼啊'的那种人。所以我才准

备了'美雪'这个,我们班上没有的这种类型的架空式主人公。"

"……稍等一下,你这么解释我听不懂。"

一遍又一遍,再附带着这个时代的常识和风土人情去解释,最后yíng终于听懂了。

"那……又会怎么样?"

"什么怎么样,保彦同学真正选择的那位不是美雪的'第一个人',我怎么可能写在小说里啊。这肯定啊,虽然不知道谁是第一个,但是这位第一个根本不知道事情是这样的嘛。"

"那现在这个时间……"

正如友惠所料,yíng开口说道:

"你可是拿着《穿越时空的少女》啊。只要把它直接交到……那个神秘女人给的地址那里不就行了吗?"

"是啊。"友惠点点头,"yíng,如果你接受客死在2311年的话,我可以这样做。"

"嗯?"

"你那穿越时空的力量,只能再使用一次了吧?当你到2311年的那一刻,你就会被认定成嫌疑人的。"

"呃……不对等一下不是这样的。我已经把《穿越时空的少女》,放到2311年了啊……"

"所以我不是说了吗,这样就会造成时间悖论了。"

"啊……"

复演
REACT BY HARUKA HOJO

yíng，总算是明白了。

原来是这个意思啊。

《穿越时空的少女》，是必须出版的。

必须是由谁所写，经谁通过出版社，流通到市面上才行。

你问为什么？因为写这本书的人不在了。

"简单来说就是这么一回事……首先，要有标题为《穿越时空的少女》这样一本小说。笔名怎么写都行。反正都不是真名，写什么名字都一样。于是，'读过这本小说'，在2311年发明'穿越时空之力'的科学家，为了读这本书的后续来到这个时代……也就是1992年。这一系列事情，如果作为起点的这位'写下《穿越时空的少女》的人物'不在的话，那自然保彦同学也不会来到这个时代。如果不来到这个时代，保彦同学就不会失踪。如果保彦同学是这个状态的话，那你们时间警察也就不会存在。所以，你也回不到未来，明白了吗？"

"……好像多少，理解了。理解是理解了……"

但yíng还是紧紧地，盯着友惠手上那本《穿越时空的少女》。

"既然《穿越时空的少女》这本书，现在就在这里。所以正如《复写》里面酒井茂最后的解释，'那个'东西现在还在这个时代，不就能确保未来是一定存在的吗？"

"不是的。保彦同学发现的那本'不知道出版社也不知道书名的谜之书'，从开始到最后就没存在过。所以，保彦同学才要来到这个

时代去找。"

"我说的不是这个。我想说只要能让那本《穿越时空的少女》出版……"

"yíng，不是的，恰恰相反。'那样'的话，这本《穿越时空的少女》，就没法原封不动地出版了。"

yíng对这个时代的出版行业不太了解，不理解她的意思也是正常的。

反倒是喜欢读书，经常看杂志的友惠对这个行业的规矩了解更深，于是她开始和yíng解释起来：

"举个例子，现在我手里拿的这本《穿越时空的少女》我们先叫它'A'。然后，我们把它拿到随便哪个公开征稿的新人奖比赛中去，再然后运气不错获奖了，确定可以出版。事情到这一步都没问题。但是，再往后就不行了。因为原稿一定要过编辑和校对之手。从这里开始，《穿越时空的少女》就不再是它原本的内容了。有可能变成'A+'，也有可能变成'A-'，反正没法让作为母本的'A'原封不动地出版。所以，不管是'A+'也好'A-'也罢，就算能保存到2311年，就算保彦同学读了'那个'，也不能保证他还会来到这个时代。因为，穿越回来的保彦读的终归是'A'。"

"也就是说……"友惠总结道，"必须得在2002年，让'高峰文子'这个作家真实存在。然后，高峰文子的编辑……《复写》里暂时起名叫'佐野'了，也必须让真实存在的高峰文子的责编真实存在

复演
REACT BY HARUKA HOJO

才行。所以呢yíng，等到了2002年，你就到出版这本《穿越时空的少女》的出版社去……"

说着说着，友惠注意到了什么，"啊"地感慨了一下。

这样啊。

所以才会有啊。

所以《复写》里面，才会出现"高峰文子的跟踪狂"啊。

即使"高峰文子"的责任编辑，不是"佐野"，她也能强行成为她的编辑啊。

想到这里，友惠也不禁害怕起来。

自己写《复写》的时候，并没有算到这一步。

在1992年的时候，她不可能预测到十年后的2002年，更不可能预测到下一个千年之后的公元3000年。

但是，"时间"就会变成这样。

因果关系，早已确定了。

于是……"从此之后"事情的发展就连友惠也完全无法预测推测出来了。

"友惠。"

这是，妈妈的声音。

"……小盈给你来电话了。"

妈妈拿着电话听筒往友惠的房间看去，yíng瞬间就把洗脑装置对准了她。

瞬间光芒闪过,友惠的妈妈变成一副呆呆的表情。

"……yíng!"

"没办法啊。"yíng一脸尴尬地说道,"既然那位'盈'在这里,就不可能打电话过来。所以你妈妈刚才一脸惊讶的表情发出怪声嘛。"

"……也是啊。"

友惠勉强接受了她的解释,拿起电话。yíng则给她妈妈下了"没来过电话,什么都没看到"的命令,让她老老实实回了客厅。

看到这些之后,友惠才在电话里开口:

"……嗯,喂,是盈吗?你现在在哪里?还在兴津?"

"友惠,现在没工夫聊这些了。"

然后,友惠听盈讲起她的遭遇。

保彦,果然去和盈接触了。

父母和哥哥火化完了之后,她带着骨灰盒直接去投靠了东京的亲戚家。

所以,友惠家这边很不好意思想请友惠帮忙收个尾。

说到这里都还好。但是,接下来的话让友惠大吃一惊。

"友惠,'保彦'已经在这个时代了。"

"是啊。我不是说过了吗?来了个转校生。"

"我说的不是他,我是说现在这个时代还有个小婴儿'保彦'。"

"……什么？"

听到盈的话，友惠脸色开始发青。

在兴津办丧事的时候，一条夫妇带来了一个名叫"保彦"的小宝宝。

这个孩子被烫伤后，之后出现的中学生"保彦"手上也出现了烫伤的疤痕。

"……"

"这个，是吧。我想得应该没错吧？"

"……盈，你是想说，'园田保彦'，就是'一条保彦'？"

她用颤抖的声音问自己的好友，但对方的回答很轻巧："不知道。正因为想不明白，所以我才给你打了个电话。"

"……"

"友惠？"

"……稍微，给我些时间让我想想。再过，二十分钟，你再打电话……不对，我到时候再给你打吧。嗯？你现在是在新干线上的公用电话？那，你把电话号码告诉我。"

挂掉电话，友惠简明扼要地把盈说的话给yíng复述了一下，她也吃了一惊。

"这个时代已经有'那家伙'了，这是怎么回事？"

"不知道……你稍等一下，我在思考。"

友惠拼命开动脑筋。

证明"园田保彦"就是2311年失踪的科学家的方法。这个有。

证明"一条保彦"就是"园田保彦"的方法。这个也有。

让"高峰文子"真实存在，这个也可以有。

那没有的是……想到这里，友惠感到有些绝望。

"不行。"友惠叹了口气说，"无论如何都做不到。使用力量的机会只有一次，不够……"

等等……

也许可以……

对了，只要演得好一点就可以。

只要让对方，认不出自己是谁就可以。

在不认识的基础上，使用那种力量就好了。

之后，出现在2002年的yíng看到那副样子之后，再让她解除暗示就可以了。

"yíng……"带着强烈的决心，友惠问了yíng这么一句，"为了保护时间，你愿意把十年的时间赌在我身上吗？"

时间流转，还是1992年夏天，但此刻是7月21日深夜。

友惠和保彦刚刚接完吻的时候。

"……"

保彦用一副复杂的表情，看着友惠说：

"你，接下来……"

复演

REACT BY HARUKA HOJO

"你想问我会像《复写》一样,出版《穿越时空的少女》吗?不会出的。"

但是,你给的这个穿越时空的力量,就让我用在其他地方吧。友惠心里这样想着。

"那,为什么你要写《复写》呢?"

"因为,我想让你读啊。"

"我?"

"不是你。我是想让那个更幼小更可爱的'保彦'读。"

"什么……?"

"好了,戏就演到这里吧。你想去哪儿就去哪儿吧。"

友惠如她所说,不再继续装作配合,降落在了自家的庭院里。

保彦则是带着一副不太理解的表情,消失了。

yíng早就在等友惠回来了。

"来,你要的。"

友惠把手伸进自己嘴里,把保彦和自己的唾液取出来,交给了yíng。

yíng接过唾液后,把它放到了某个机器上,很快就出现了反应。

"果然是'那家伙'。毫无疑问!"

"那……"

"嗯,继续按计划行动。去1997年就行是吧?"

"对,现在的话,他还太小了。没到会说话的年龄,去了也没

意义。"

"我知道了。那友惠,我在未来等你。"

说完这话,yíng便消失了。

"接下来……"

友惠把自己写好自己装订的《复写》拿了出来。

"投哪个新人奖比较好呢……虽然投哪里都无所谓。"

自己必须负起这个责任。

虽然这不是自己的所作所为,是酒井和保彦到处发药才导致的结果。

所以。

要怎样才能按《复写》的发展走?

然后,又如何让事情不按照《复写》的发展走?

思考,计算,友惠最后冷静地得出了结论。

只要演彻底就可以了。

半年后,友惠凭借《复写》这一作品出道成为作家。

然后,雨宫家因为害怕仓库倒塌和兴津那场地震,第二年就搬家了。

友惠把自己得奖时的奖金交给父母,作为搬家的费用。

但是,友惠对新家有个条件。

"静冈县里,能看见雪的地方。"

复演
REACT BY HARUKA HOJO

就是这么回事。

因此,雨官家搬到了静冈县东边……离御殿场很近的地方。

因为此时,友惠已经知道一条家在这附近有个别墅,冬天积雪的时候他会来这栋别墅这边玩。

五年后,也就是1997年的冬天。

一个少年和一个少女,在一片纯白的银色世界里相遇了。

"幼儿园里有个孩子是从北海道搬来的,当我告诉他,我们家一到冬天就会到这边去玩雪,他就露出了奇怪的表情。说天冷的时候为什么要去看雪呢?"

"不是静冈县的人是不会懂的,没办法。"

少女如此说道。

"因为静冈很少下雪嘛。我的父母也是,说什么必须得让孩子看一次雪,好像静冈人都这么想。在我很小的时候,我记得父母也带我来这边看过雪。"

在无边无际的银色世界里,少年和少女一边玩着雪,一边交谈着。

这个少女是雨官友惠。1997年以《复写》一书出道成为作家。笔名"冈部萤"。

这个少年是一条保彦。

友惠假装偶遇一条保彦,旋即与"保彦"接触,并成功和对方搞好关系。

因为有件事情她必须确认。

再加上,她出于其他目的出版了《复写》,让书成功面世。

如果一条保彦不知道《复写》的话,她可能需要用些手段让保彦必须读过此书。但是很巧,保彦他已经读过《复写》了。

呃……这大概不是偶然。

应该称之为,时间的因果循环吧。

在想要堆小雪人的"保彦"身旁,友惠眯起了眼睛。

这个少年就是"保彦"。

如果真的是"保彦"的话,将会有怎样的命运,在未来等着他呢……

友惠也不知道。

"那个,保彦……不,一条。"

"怎么了,姐姐?"

由于雪的寒冷,保彦的小脸被冻得通红,纯真地回应着她。

"刚见面的时候我说过吧,我是《复写》的作者。"

"嗯,故事好有意思。"

"是吗?谢谢。"

友惠的手轻轻抚摸着保彦柔软的头发。

"但是……实际上,那个故事里有个谎言。"

"啊?"

"我在作品里写酒井同学……酒井茂这个角色说'事情就是这

复演
REACT BY HARUKA HOJO

样',其实不用像'那样'去解释,还可以用'其实只要这样做就能和《复写》一样了'的方法去解释的。这一点,就需要你警惕作品里隐藏的'谎言'了。"

"哦……"

"这是姐姐给你出的题目。如果你能做出这道题的话……"

友惠从脖领下面,取出一个小瓶子。

里面装着的是"穿越时间的力量"。

"那是什么?"

"这是……我的宝物。"友惠看着小瓶子说道,"一条弟弟,如果你能做出我出的题目,我就把这个宝物送给你。"

这是yíng与友惠许下了那份约定的证明。

大槻雪子的信　**终章 1**

复演

REACT
BY
HARUKA
HOJO

致雨宫学姐

首先，关于你的毕业相册，我真的可以收下吗？

的确，男生有第二颗纽扣的风俗，但女生没有（尤其我们学校又是水手服），所以我才询问能不能复印一页你的毕业相册。

但没想到，学姐居然把整本毕业相册都寄给我了。

真的可以吗？学校应该只给我们每人一本的，对吗？

如果需要我寄回去，请在回信里写一下（不，我只是想确认一下，我真的很高兴能收到相册，这只是以防万一）。

我和雨宫学姐一样都是独生女，像毕业相册这种东西，我想我的父母一定会让我好好保管，不要乱放。

总之，非常感谢。我会好好珍藏的。

写这封信，原本只是想确认一下上文所写的事情，但只写这些感觉太空，所以我想再写一写我的近况。

我最近刚刚读了学姐留在文学社的《复写》。

真是让我大吃一惊。设定里我有姐姐，而且这个姐姐还是故事的

主人公。

　　名字叫"大槻美雪"啊，但在作品中她已经结婚，改叫"石田美雪"了。所以，读起来一点都不觉得奇怪。现实中就算跟我说我有个姐姐，但其实我是独生女，所以，如果用"大槻"这个姓的话，我可能会觉得有点不舒服。还好换了个姓，这样读起来就放心了。

　　对了，作品中出现的旧校舍。学姐居然能把这场意外写成因为与未来人接触而倒塌，我只能说太嫉妒这个想象力了。

　　难道学姐其实是个预言家吗？那个旧校舍，最近刚刚被整理成了空地，我问老师接下来打算怎么处理，老师说明年好像要建一个新的俱乐部！是的，明年！在我毕业之后！明明事故已经过去一年了，他们应该早点建，为什么要等到明年？

　　还有作品中提到的"能随身携带的电话"不是吗？没准以后真的能制造出这样的东西。如果可能的话，我真的很想有一个这样的电话……因为现在我和朋友通电话的时间太长，我妈妈就会生气。我们是三口之家，除了爸爸因工作需要用电话外，几乎只有我一个人用，我觉得反正也没人用，我多聊一聊也没关系嘛，结果还是会被骂。

　　对了，说到我爸爸。

　　因为学姐的小说写得实在太好了，我让爸爸也读了一下（未经同意就这么做真是对不起！）。

　　他也赞不绝口，说早知道就叫我"美雪"好了。

　　另外，爸爸说要是有"能随身携带的电话"，他也想来一个。

复演
REACT BY HARUKA HOJO

　　而且还说，如果我上大学的时候有这种电话了，一定会给我买一个做纪念呢。

　　嗯，我不知道这种东西是否真的会问世，所以我猜他只是在开玩笑。

　　那么，这次就写到这里了，有机会我会再给你写信的。

大槻雪子
1993年冬

萤与保彦　终章 2

复演

REACT
BY
HARUKA
HOJO

"这么说,姐姐真的是写《复写》的人吗?"

"嗯,真的哦。"

对于少年的问题,黑衣少女温柔地回答道。

此刻,两人身处静冈县御殿场市。

这里的冬天已经把整个地区变成了银装素裹的雪的世界。

"那姐姐……这本小说里,真的有'谎言'吗?"

"嗯。"

"……为什么里面有谎言,还要发售这本书呢?"

"因为,我不得不这么做……"

说这话的时候,黑衣少女从冬装口袋里掏出了一样东西。

雪地里立刻飘起了薰衣草的味道。

"……这是什么?"

少年好奇地盯着它,就像盯着一块糖果。

"这是给你的。"

少女把它递给少年。

少年一脸疑惑。

"爸爸说,不能毫无缘由地收别人给的东西。"

"你读了我的书。"少女这样说着,"光是这样我就很开心,这就是我奖励你的原因。"

少女转瞬即逝地笑了。

悲伤地、温柔地、带着凄美的笑容,黑衣少女在银色的世界里笑了。

起初,少女觉得自己的"力量不够"。仅凭"她"拥有的两个,无论如何都是不够的。

但后来她意识到,只要演到位,就能再得到一个。

所以……她开始了表演。

按照自己写的故事去演。

然后,接下来只要……

"那作为交换,你能不能给我一根头发?"

"我的头发?要来做什么?"

"保密。"

"嗯,算了。"

少年把自己的一根头发,放在了少女白皙的手上。

放上去的那一刻,头发嗖地一下消失了。

而后很快,少女的耳朵里传来了通信:"确认完了。这两个DNA的确来自同一个人。感谢你的协助。"

"这样啊。"

少女悲伤地点点头。

复演

REACT
BY
HARUKA
HOJO

"你怎么了，姐姐？"

"没事，没怎么哦，一条弟弟。"少女笑着掩饰自己的悲伤，"那等你知道那个问题的答案之后，我们再见面吧。"

"嗯，再见，姐姐。"

少年离开片刻之后，一个穿着夏装，与这里格格不入的少女瞬间出现。

"……yíng。"

"这样就确定了。"

"嗯。"

"《穿越时空的少女》这本书，必须写出来啊？"

"这对我来说没什么问题，但对你来说，却是不行的吧？"

"原来如此……"

说着，yíng拿出了某种装置。

这是在那个已经结束的夏天里，消失的少年使用过的东西的迷你版。

调整好后，yíng把它对准了自己。

"……毫不犹豫啊。"

看到yíng这个状态，连黑衣少女都不禁开口："明明这会改变你的人生的。"

"你跟我讨论价值观的差异是没有意义的，我们俩之间隔着有一千多年的鸿沟呢。"

"嗯……"

"倒不如说，我反而觉得你这边更难受哦？因为从现在开始，你要一直演下去，演到我应该出现的那天为止。"

"我知道。"

"是吗？"

话题就聊到这里。

但就这几句，已经能让萤和yíng两个人都明白了。

"那么，萤，再见了。"

"嗯，yíng，再见。"

一道光瞬间闪过……

嘭的一声响起。

"哎……"

美雪用一脸茫然的表情注视着自己的好友友惠。

"真讨厌！"友惠大叫道，"别擅自偷看别人的东西啊！"

说着，友惠一把抢过美雪手上的书。

取而代之的是，她把自己手上的书，塞给美雪。

然后，在雪中离开了。

"友惠？"

美雪愣住了。

"……有绘？"

这是我写的小说里主人公的名字。

复演

REACT
BY
HARUKA
HOJO

"……友惠？"

这是现实中，我好朋友的名字。

"……yǒu"

美雪伸出手臂。

她搞不懂了。

她搞不懂自己是谁。

她搞不懂刚刚发生了什么。

"等一下，yǒu……"

（把小说……）

这是她对自己说的暗示。

（把时间……）

在时间跨越的终点，把缺失的时间，在这里赌上，然后书写出来。

（对了，把小说……）

必须写出来。

我就是为此才留在这里的。

美雪迈出脚步。

走着走着，她的样貌开始发生变化。

从十四岁的美雪，变成了现在，十七岁美雪的样子。

像是变化着的美丽雪花，仿佛要融化一般，冬天的yíng，融化为夏天的美雪。

遥远的秋日　　终章 3

复演

REACT BY HARUKA HOJO

    1992年，虽然日历上已经来到秋天，但天气依然炎热如夏的时候，发生了一件事情。

    一位警察带着疑似毕业相册的东西，走在去往某间公寓的路上。

    警察看起来还很年轻。

    几天前，一位有些奇妙的女性和他说"好像有人在尾随她"，于是接手了她的案子。

    警察在一个房间前停下脚步，按了下门铃。

    门口的铭牌上写着"石田"。

    但是，屋里没有回应。

    又按了一次，还是没有回应，直到第三次，总算是听到屋里有人说"来了"。

    但是……

    "呃？"

    警察稍微有些吃惊。

    屋里走出来的女士，和他记忆中的人不一样。

    在他的印象里，屋里住的应该是一位气质优雅的女性作家，但今天走出来的这位并非如此。

她一身黑衣，虽然也是美女，但和"那个时候"来派出所报案的女士明显不同。

"呃，那个。"

警察又看了一下门口的铭牌，可能是怀疑自己来错地方了吧。

不过，他并没有走错。

我……雨宫友惠说：

"嗯，没关系。"我对着警察摇摇头，"这里是'石田美雪'的家。我叫雨宫，是她的朋友。我们在收拾东西搬家，'美雪'正好出去买点东西不在。"

这不是说谎。

"美雪"的房间里，确实有几个搬家工人正在干活。

"这样啊。"警察对我说。

"'美雪'和我说过，之后没准警察会来家里……您是来还毕业相册的吧？那您给我吧，我转交给她……"

"这就不必了。"

警察虽然有些迟疑，但还是认真履行了他的职责。

"不用了，实在不好意思，这相册如果不还给'石田美雪'小姐本人的话……"

警察这么做没错。

因为他不知道我……雨宫友惠，和"石田美雪"究竟是不是朋友。

而且实际上，我和"石田美雪"一点关系都没有。

复演

REACT BY HARUKA HOJO

"石田美雪"是如此的话,"大槻美雪"也一样,根本就不是什么朋友。

不,可能以前算朋友吧?

……至少,为了让某人为他的行为付出代价,而硬塞给她一段人生的我,"她"是不会原谅的吧……

即便如此,也没有办法。

因为"美雪"已经不在了。

所以,我装出一副有些为难的样子说:

"这样啊……那就等美雪回来吧。呃,不过,我不知道她什么时候回来,而且明天,美雪就要去东京了,所以……"

我伸手打算去拿警察手里的毕业相册。

但是对方并没有给我。

"不了不了,实在是不好意思,我们这边只能交给'石田美雪'本人。"

"……我知道了。"

于是,我决定打出最后的王牌。

"不过,我觉得都是一样的。"

"什么?"

"因为那本毕业相册是我的。"

"您这是什么意思?"

"您看下最后一页,应该清楚地写着我的名字。"

警察歪了歪头，还是按我说的翻到了最后一页。

"啊……"

上面写着"雨宫友惠"四个字。

这是理所当然的，因为这真的是我的毕业相册嘛。

"这是什么时候……"

"什么什么时候，这是我的，我从学校收到这本相册的时候上面就写着我的名字呢。美雪把她自己的毕业相册弄丢了，跟我说借她看看来着，然后她就把这件事情忘了，这个人啊。"我笑了一下说，"还是说，您在怀疑我在您来的路上做了手脚？这不能吧，您不是一直拿在手里的吗？"

"是的，没错。"警察仍然有些茫然，但过了一会儿，他同意了，"我知道了，那我就把这个还给雨宫小姐吧。"

就这样，我接过了警察递过来的毕业相册。

我终于履行了自己的诺言。

我终于实现了与那个来自一千年后的女孩的约定。

虽然，我在那孩子身上，赌上了十年的时间……

但那又是，另一回事了。

"那就，不打搅您了。"

警官略行一礼，转身离开。

不过，他刚要踏出第一步的时候，就像是想起了什么事一样，又停了下来。

复演
REACT BY HARUKA HOJO

"啊,对了。"

"您还有,什么事?"

我还没来得及关上门,所以只好继续应付转头回来的警察。

他从警官服口袋里掏出一个笔记本,开始问我:

"呃,接下来不是我要找您,而是小林警部……啊,不知道您认不认识。对,就是负责调查那起杀人案的人,小林警部托我问您。首先是石田美雪女士,呃,应该是大槻女士,在拍毕业照那天,没有去学校是吗?"

"是的。"

这件事已经提前预想到了,所以我不慌不忙地回答着他的问题。

为什么能预料到?因为二年级四班的名单里,确实有我的名字。

"我明白了。"警察点点头,"因为警部说毕业相册里没有大槻女士的照片有点奇怪,所以才来问您。对了,还有……"

"是的,这个相册是有缺漏的。"

"啊,果然是这样。"警官第二次点点头,"缺了学生的住址是吧。因为石田,呃,应该是大槻女士的住址和电话哪里都没有找到,所以就……"

"嗯,很过分吧。"

这个事我就甩锅给学校了。

其实,这些都是"谎话",认真查一下就能查出来。但我觉得就算查出来也无所谓,所以就这么说了。

"学校那边可是一点都没担责。说什么就缺了一个人的住址就要把所有相册回收重印（rewrite），太浪费钱了。结果，最后就把这个发过来了。"

"这样啊，我明白了……那，我就告辞了。"

警察走了。

"接下来……"我嘟囔着回到屋里。

这时干完活的工人过来问我：

"打包的工作都做完了。现在就差装车了。"

"是吗，您辛苦了。"

"然后，'美雪'小姐本人，是坐新干线单走是吧。"

"是的。"

"明白了，那我们出发了。"

工人们也离开了。

空无一人，空无一物的房间里，我孤身一人抱着相册，回想了一下。

到底是，从哪里开始的呢？

又要在哪里结束呢？

不，恐怕现在，还没有开始。

时间的发展复杂……离奇，又难以控制。

我没想到，樱井同学真的被杀死了。

当然，她并不是我杀的。

复演
REACT BY HARUKA HOJO

不对,樱井同学先放一边,为什么长谷川同学也?

搞不懂了。

我已经搞不懂了。

我能做的,只有把戏"演"到底。

"不……不对。"

真正在"演"的,是那孩子。

是yíng。

复演　　终章 4

复演

REACT BY HARUKA HOJO

相良盈……以前叫坂口盈，是我雨宫友惠的朋友。盈打电话和我说，我这本《穿越时空的少女》，报名了盈所在出版社的新人奖。

"真的来了……友惠，《穿越时空的少女》来了……"

"那当然会来啊。因为运作的就是要它来。"

这个时候，我已经搬到东京一个人住了。

以作家的身份。

此外，盈告诉我酒井茂也如他在作品里的台词所说，当上了写手。不过我们两个都无视了他的存在。

恐怕，再这样下去，他就要在2002年开同学会了。

没错，一切都如《复写》一样。

他的话，保持这样就好。

他们所经历的"过去"本身，是正确的，是按他们的想法发展的。

但是，对于作者一方的我们来说，这样还不行。

因为我们无论如何也不能让事情如《复写》一样发展。

而且，现在已经不可能按照《复写》里写的那样发展了。

你问为什么？因为我，也就是雨宫友惠，已经把"穿越时间的力量"用掉了。

这也是无可奈何的事情。

接到同学会的通知后,我开始寻找散发出浓郁气味的紫色糖果。

最后发现这种气味比较强烈的糖果没什么人气,市面上并没有卖的。

也许这是理所当然的。那是一种市面上没有卖的,只要在现场掏出一颗,周围就立刻会飘散出芳香的东西。那种药。

正因为如此,他……保彦也是为了方便识别,才特意加上那个味道的。

所以,我先去买了几株薰衣草,又买了一些用来提取薰衣草香味和颜色的精油,把薰衣草放到精油里捣碎。

接下来,我在想怎么把这个颜色和香味附着到糖果上的时候,突然发现其实并不一定非要用糖果这个东西。

因为到时候需要能"放进嘴里,演出一副吞下去"的样子,所以下意识觉得必须用食物,而且只能是糖果。但其实跳出惯性思维,"实际上"并不需要真的吞下去。想了半天,最后我选择把香气扑鼻的薰衣草精油,注入药用的胶囊里来做伪装。

试着做了一个,仔细端详了一番之后:

"嗯,这下就没问题了。"

我做出了判断。

这会是转瞬间发生的事情。

只要味道是真正的薰衣草味,那就不可能暴露。

复演
REACT BY HARUKA HOJO

然后，同学会正常开始……我则是故意晚到了一点，走进店里。

顺便提一句，盈也收到了同学会的通知。

阿茂特意给我家打电话，问知不知道相良盈……初中时叫坂口盈的住址。通过这层关系我知道了这件事。

至少阿茂知道盈没有参与"自己"做的那出闹剧。

那为什么他还要联系盈，告诉她要开同学会呢？

"这当然是因为他……酒井同学也注意到了吧。盈，你虽然实际上从7月3日到7月21日不在学校，但是从可能性来考虑，如果你知道我们班上来了一个叫'园田保彦'的同学，那你也有可能写出《穿越时空的少女》。"

所以阿茂才会连已经转学的盈也通知到了。

"那，我是不是也应该去同学会？"

盈这么问我。

我稍稍思考了一下，回答道：

"参不参加都可以。你想来就来，要是工作忙的话就不来……我不知道他们把'谁'当成了第一个人，但都一样。有'石田美雪'这么个人，可她又不在我们的班里，所以最后，终归还是会成为一场闹剧罢了。"

道理是这个道理，但是我还必须得陪他们演一场闹剧。

要像《复写》一样做足全套，不能半途而废。

没错，因为我不知道究竟谁用了药，谁又没用。

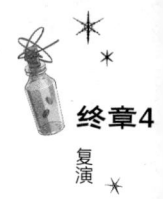

正因如此，我才把十年的时间赌在她身上。

"是吗？我明白了。那我不去了。"

盈在电话里说道。

"老实说，有点想去来着。有点想看友惠……你演'友惠'的样子。"

盈在电话的另一头估计是苦笑着说出这番话的吧。想象了一下那个场景，虽然让我有些精神紧张，但是事已至此就这样吧。

毕竟写出这个剧本的不是别人，正是我自己。

"嗯，不过确实盈不来比较好。至少这样能让酒井同学心里不安。因为这会把他们策划的完美剧本弄糟。没错，搞不好酒井同学真就现场给我们栽一个呢。"

我戏谑地说。

我当然会戏谑。要不然，也写不出《复写》这样的故事。

正打算把电话挂掉的时候，盈又问了一句："说起来啊，友惠。"

"嗯？"

"樱井唯同学的信……我读过了，那是什么意思？"

"啊，那个啊。"

以前的同班同学樱井唯，给《复写》的作者"冈部萤"……也就是我写了一封信，我通过出版社收到了信，读了一下。

读完之后，忍不住爆笑。

复演
REACT BY HARUKA HOJO

因为写得太好玩了，所以我也让我的好朋友盈读了一下。

但是，盈好像到现在，也没理解其中的意思。

"为什么樱井同学，要装成一副一无所知的样子呢？园田和酒井同学，可是正经给她演了那出闹剧啊。"

"不对，不对不对，盈。"我拼命忍住笑意，"正相反。这封信的目的，就是通过明明知道却装不知道，来观察对方的反应。"

"……"

"所以樱井同学在给我的信上才会写没有什么转校生，除了盈以外。"

"我真搞不懂了。樱井同学脑子不错啊，为什么要干这个事？"

"这你也说反了。正因为樱井同学很聪明，所以才这么干的。"

樱井唯读了《复写》。

读完之后，非常害怕。

因为里面写出了"真相"。

自己经历过的夏天故事，作品里说都是假的。

通过这本书她知道了她自以为是只属于自己的故事，其实是全员共享的。

所以，她才要找出作者。

只要囫囵吞枣地看完了《复写》，就会推断作者应该是班上的某个人。

但是，也有例外。

终章4
复演

樱井她很聪明。

所以她才发现了。

绝不能肯定《复写》的内容。

因为,这会导致事情的暴露。

这也是我让《复写》面世的原因。

"虽然是我的推测,但我觉得樱井同学应该'没用'那个药。"

"呃……"

"不只是樱井同学。估计还有几个同学……'没用'那个药。嗯,用了才奇怪。就算只能穿越五秒……如果想用的话,他们应该也会用在赚钱上。赌马的话可以看一下哪匹马能赢啊,轮盘赌的话可以看一下球会落在哪个数上啊,等等。越是思考……脑子越好,越能想出拿这力量做坏事的办法。"

然后如果读过《复写》的话,就可以为"没用"找到一个名正言顺的借口。

因为那个故事是骗人的,所以没有按照那个故事去做的自己,并没有做错。

只要自己没有做错,出于巧合……不,应该说反正是"保彦已经给我"的药,我自己想怎么用也没关系。

我知道一定会有这种人,所以在1992年的时候,我就写出了《复写》。

只是当时没想到,这本书会面世……

复演

REACT BY HARUKA HOJO

"所以,樱井同学才会冲我这个作者喊话,在信里写《复写》是骗人的,实际上根本就没发生过这件事。证据就是身为班里一员的我樱井唯,不记得有'保彦'这么一号人。"

"樱井同学干这个事,是想要达到什么目的呢?"

"我不是说了吗,她想确认一下真假。如果《复写》是假的,那份回忆就是只属于我一个人的。如果是真的,那就给用药找到了借口。"

"……那她问一下其他同学不就好了?"

"她不敢问,所以才冲我喊话不是吗?"

"呃……"

盈的语气显得有些不能理解,但她脑子也不笨,所以几秒钟后就反应过来了:"原来如此,如果把药偷偷藏起来!"

"没错,她心里有包袱,不敢问其他同学。于是才会走另一条路,直接去问公开把药私用的《复写》作者。所以,她才会在心里故意装作不知情的。"

"啊,是啊是啊,原来是这么回事。"

"所以她说作品里她被杀了之类的,不过是拿它当一个写信的理由。樱井同学真正想知道的是'这个故事究竟是不是真实的',如果是真实的,那自己的记忆应该也被篡改过。所以她明明知道这个事情,还要装出一副不知道的样子。"

"原来如此,正因为她很聪明,所以才反过来装出一副真有这个

故事背景的样子。"

"就是这样。"

盈看来也终于明白了，于是我挂掉了电话。

然后刚才，我说到哪儿了？

我记得好像是说到我通过盈得知，"石田美雪"写了《穿越时空的少女》，然后报名参加了相良盈所在的R出版社的新人奖比赛。

实际上，这些事是我从文学社的学妹"大槻雪子"那里知道的。

她告诉我自己的"姐姐"，也就是"大槻美雪"正在写小说。

不过，我怕一上来就让盈说"出版《穿越时空的少女》吧"显得"事情发展得太顺利了"，所以我让盈先对她说"出版《穿越时空的少女》以外的东西"。

然后，盈把实际征集到的《穿越时空的少女》原稿给我，我自己再拿给她……

"好了。"

东京市区某家酒店的房间里。

因为这件事不能被外人看到，所以特意定了个房间。我从盈手里接过她带来的原稿……

"啊。"

我在大吃一惊的盈身边，拿出未来的我交给我的《穿越时空的少女》，按照未来市面上出版的《穿越时空的少女》原文，开始修改起征集上来的《穿越时空的少女》原稿。

复演

REACT BY HARUKA HOJO

"啊，啊……这样啊，原来是这样啊！"

"没错，不这样的话，就没法变成真正的《穿越时空的少女》。"

我在修改的时候，盈在震惊之余默默地看着我用铅笔在稿纸上写写画画。过了一会，她好像想起了什么，叫道：

"啊，不，不行啊，友惠！"

我停下了画线的手。

"你做记号没关系，绝对不能写字啊。会让'石田美雪'发现上面的字和自己的笔迹不同的！"

"哦，你要说的就是这个啊。"

我又重新开始修改。

"这个无所谓的，盈……编辑，相良盈，只要把这个有铅笔修改痕迹的'穿越时空的少女'交到'美雪'手里，之后，就不要再和她有牵扯。你和她编瞎话说你离职了都可以。反正'美雪'写的原稿，本身也说好了最后都是由我定稿，所以编辑之后是不是你，也无所谓。"

"啊，是啊，仔细一想确实是这么回事。我知道了。那，这个原稿就给……"

"盈！"

我赶忙堵住了她的嘴。

"不要提那个名字……我不知道谁，会在什么地方听到。"

"呃，道理是这个道理没错。"

盈环顾着房间，说道："这里，可是酒店哦？你说说谁在听啊？"

"以防万一。不做好万全准备，谁会费那么大劲搞《复写》的'复演'啊。"

"这倒也是……"

很快，修改工作结束。

时间的修正已经完毕。

然后，在结束的同时……我把用铅笔改好的《穿越时空的少女》交给盈的那一刻……

"啊。"

"……啊。"

我带来的那本市面上出版的《穿越时空的少女》，消失了。

就像是，美丽的雪花一般。

就像是，晚霞一般。

就像是，萤火虫的光一般。

又像是，小小的，幻想般的雾一样……

消失了。

目睹这一切之后，我说：

"是吗……这样就，确定了。和市面上销售的《穿越时空的少女》内容一致的书，确定会在未来出现。所以，这本《穿越时空的少女》就没有存在的必要了。"

复演

REACT
BY
HARUKA
HOJO

所以，它消失了。

因为，它没有存在的必要了。

"但是……"盈说道，"要是这样的话……在《复写》里面，把《穿越时空的少女》拿到过去的人又是谁呢？至少，不能是友惠你吧？你已经把药用掉了，而我从一开始就没有拿到它。"

"当然不是我。不过这件事已经无所谓了。'石田美雪'确实存在，因为她写了《穿越时空的少女》，而且让它面世了。"

所以，开端怎么样都无所谓了。

ying回到未来之后，随便装订一下，然后放到我的屋里就可以了。

反正《穿越时空的少女》在2000年冬天，现在这个时间点，"大槻美雪"的电脑里、"相良盈"的电脑里、"酒井茂"的软盘里，至少已经存在三个地方了。

虽然，其中"正确版本"，只有我手上的《穿越时空的少女》一个。

如果2311年的"保彦"没有读到这个的话，这才会导致悖论。

"所以……应该是为了让我完成这个工作，《穿越时空的少女》才会在那个时候那个场合，出现在……我的手上吧。大概。"

这样，关于《穿越时空的少女》的来龙去脉，到这里就结束了。

姑且提上一嘴，相良盈到R出版社上班是巧合，另外"大槻美雪"报名参加R出版社的新人奖比赛，同样也是巧合。

先说好，这不是我让雪子跟她姐姐美雪说"报名R出版社的新人奖比较好哦"。

说起来，一切都结束之后，盈又问过一次我：

"为什么友惠你自己不去当《穿越时空的少女》的作者呢？"

这还用问吗？这又不是我写的东西，怎么能自称为"作者"呢？但是，我最后是这么回答的：

"比起'高峰文子'，我更喜欢'冈部萤'这个名字。"

不过，那个时候……也就是昨天，我在冈部町和美雪见面一事，并非偶然。

雪子说年底姐姐要回老家，我听完之后打算阻止"美雪"与《复写》中出现的那位同班同学接触，才去了冈部。

盈听"美雪"说，她要去樱井家吊唁的时候，我让盈给樱井家打电话，告诉不明真相的樱井父母说，樱井班里没有"大槻美雪"这么一号人，也是因为这个。

在冈部町的时候，其实照方抓药也是可以的。

可以是可以但有个问题，盈没有去冈部的理由。

因为《复写》里，并没有"坂口盈"这个人。

既然电话里"美雪"已经说过冈部町是她的故乡，那么在现场假

复演

REACT BY HARUKA HOJO

装偶遇时再说"真巧，其实我老家也是这里的"是行不通的。毕竟电话里已经聊过这个话题，到时候人家一定会问："为什么那个时候你不提呢？"

于是，我亲自出马。

当时，我一眼就认出那个人是"美雪"了。

我虽然知道……公交车上坐在最前排的人是"美雪"，但我没有找她搭话。因为我觉得应该还是尽量减少与"美雪"接触为好。

不过没想到真到了冈部之后，正好赶上酒井同学家正在办丧事。

乡下就是这样。不管你事先知不知道有这回事，既然是同学家人的丧事，你临时硬去参加也没问题。

所以，在酒井同学家附近盯梢的我看到酒井同学本人从家里出来之后，赶忙出来阻止"美雪"与酒井同学接触。

因为酒井同学并不知道"大槻美雪"的情况。

这不是废话吗。毕竟二年级四班里根本就没有"大槻美雪"这么一号人嘛。

不知为什么，我觉得应该先从这件事讲起比较好。

于是，我和yíng这么说：

"yíng，你带的那个穿越时空的力量，只能再用一次了吧？那，你就去1997年冬天吧。现在还不行。现在的话，他还太小了。没到会说话的年龄，去了也没意义。"

终章4

复演

你问什么事,那当然是"保彦"了。

我们必须确认一下,"一条保彦"是否真的就是"园田保彦"。

不确认这一点的话,他就去不了2311年。

他要是没有出现在2311年,那就又会变成悖论了。

所以我从一开始,就打算把我身上的这个"穿越时空的力量",拿给他去穿越到2311年。

虽然这可能很对不起一条家的人,但是要让小婴儿"保彦"遵循因果逻辑,我觉得只能这么干。

但是,这一步没有算对。

因为现实如《复写》一样,樱井和长谷川两个人被什么人杀了,随后室井大介也死于事故中。

这时候,盈自然会给我打电话:

"友惠,莫非,其实是……"

好朋友说不下去了。

可能是她在怀疑我吧。

"没有,不是的。不是我干的。"

因为我最不希望的,就是事情按照《复写》的剧情来发展。

但是,事已至此了。

既然"高峰文子"的准备和筹划已经做好了,我换了副装扮直奔出版社。

逼问"高峰文子的真名叫什么"。

复演
REACT BY HARUKA HOJO

是的,《复写》里面的跟踪狂,其实就是我。

但是,我能做到的,只有这些。

樱井和长谷川,为什么会被人杀掉,这个我不知道。

然后,这个时代的"一条保彦"和"园田保彦"是同一个人这件事,我是通过"一条保彦"给我的头发,和"园田保彦"的DNA进行比对后确认的。可是,在那之后,"他"为什么会存在于遥远的2311年,其中的因果关系我也推不出来。

我唯一能做的,就是让yíng扮成美雪。

"也就是说,拥有《穿越时空的少女》的记忆的'某个人'留在这个时代就可以了是吗?然后再给这个人定期下暗示,让她想不起'毕业相册'这档子事对吧?"

听yíng这么说着,我带着愧疚的心情,点了点头:"是的,事情就是这样……能做到吗?"

"可以的。"

"把给自己下暗示这件事情在不产生矛盾的情况下消化在自己的脑子里,然后让自己彻底成为一个别人,这也能做到吗?"

"可以的。虽然没办法保持一辈子,但只要设置好到时间自动解除暗示,这是很容易操作的。"

所以,我在她身上赌上了时间。

为了像《复写》那样。

为了不像《复写》那样。

终章4

复演

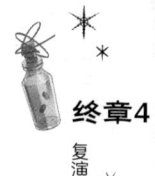

2002年……同学会当天,我买了一本《穿越时空的少女》带到会场,看到随后出现的yíng……

"美雪。"

我不禁脱口而出。

因为这一切,太过令人怀念了。

1992年夏天,在我身边只待了很短一阵的少女。

我的朋友。

"接下来……"

这里是静冈站。

时间是晚上十点左右。我在新干线的站台上,等候前往东京的列车。

怀里,夹着毕业相册。

一切都结束了。

完成使命的yíng,应该已经回到未来了吧。

站在站台上,眺望着夜空,回想我的这十年。

这个时候,我忽然想到了。

正因为我是个难缠的女人,所以最后才为了这件事赌上了十年。我又想起了这一点。

好吧,就把这十年原封不动写成故事吧。

这是,四位少女的故事。

一位,是从未来穿越而来的水手服少女。

复演
REACT BY HARUKA HOJO

一位，是遭遇苦难，却不低头的坚强少女。

一位，是对自身记忆的差异而烦恼的女性小说家。

最后还有一位……

"是啊，那书名就叫……"

REACT
Copyright © 2014 Haruka Hojo
Originally published in Japan by Hayakawa Publishing Corporation
Simplified Chinese translation rights arranged with HAYAKAWA PUBLISHING
CORPORATION through AMANN Co., LTD.

江苏省版权局著作权合同登记号 图字：10-2024-379 号

REACT
Copyright © 2014 Haruka Hojo
Originally published in Japan by Hayakawa Publishing Corporation
Simplified Chinese translation rights arranged with HAYAKAWA PUBLISHING
CORPORATION through AMANN Co., LTD.

图书在版编目（CIP）数据

复演 /（日）法条遥著；鹿推译 . -- 南京：江苏凤凰文艺出版社，2025.4. -- ISBN 978-7-5594-9198-5
    I . I313.45
中国国家版本馆 CIP 数据核字第2024S1B029 号

复演

[日] 法条遥 著　　鹿推 译

责任编辑	白　涵
装帧设计	程　然
出版发行	江苏凤凰文艺出版社
	南京市中央路 165 号，邮编：210009
网　　址	http://www.jswenyi.com
印　　刷	北京盛通印刷股份有限公司
开　　本	880 毫米 ×1230 毫米　1/ 32
字　　数	162 千字
印　　张	8
版　　次	2025 年 4 月第 1 版
印　　次	2025 年 4 月第 1 次印刷
标准书号	ISBN 978-7-5594-9198-5
定　　价	48.00 元

江苏凤凰文艺版图书印刷，装订错误，可向出版社调换，联系电话 025-83280257